From Interest to Taste

以文藝入魂

臥斧

FIX

目次

敲木頭

01

你會時來運轉，
只要你準備一下，敲敲木頭

〈Knock on Wood〉
by Dooley Wilson

Knock on Wood

他眉心糾結地瞪著電腦螢幕。

過了一會兒，他起身拿出捲菸紙和菸草，快快動手捲菸，快快吸了一口。緩緩吐出。情緒鎮靜了些，他叼著菸重重坐回電腦前，一小截沒塞緊的菸草屑從捲菸前端掉落，在空氣裡倏地放亮，燃盡前精準地在他的大腿著陸。

「幹！」他放開喉嚨一吼，抖了一下。

不是因為大腿上那點一閃即逝的灼燙。

而是因為螢幕裡那封混帳透頂的郵件。

三更半夜收什麼電子郵件；他有點後悔：剛才應該順水推舟答應那個書迷的邀約、找家酒館續攤才對，就算那個書迷的長相不怎麼令他滿意，但不停喚他「大師」的態度可比這封郵件的內容令人爽快多了。

幾個小時前，他的心情愉悅得很。

他在國內文學界頗富盛名，學生時期就橫掃各大文學獎，彼時老一輩作家視他為文壇新支柱，現在新一輩作家視他為當代掌門人。他的作品不但純文學界讚譽有加，普羅大眾也讀得津津有味，在這個閱讀習慣日漸凋敝的時代，他簡直是出版業的救世主。

因此，當他宣布新作將是一部反映社會現實、兼具文學深度及推理趣味的小說時，所有讀者都在引頸企盼，雖然只公布了書名，但網路上已經充滿各式猜測及討論。

面對即將問世的大作，出版社自然不敢怠慢，不但在小說還沒上市前就安排了各式行銷活動，也早早談妥了通路預購的時程和媒體採訪。

包括剛剛結束的那個茶敘。

說是茶敘，但席間沒喝什麼茶，倒是開了好幾支紅酒；他坐在單人沙發上，出版社發行人、總編、主編、責任編輯、企畫、記者，以及不知透過什麼關係夾混進來的書迷，在周圍或站或坐。

這是個輕鬆的場合，也是個唯他獨尊的空間。

「請問老師，您的這本新作，為什麼會叫作《敲木頭》？」一名記者發問。

「『敲木頭』是國外的一種習俗，」他露出面對群眾時的招牌微笑，「英美人士認為，觸摸木製十字架或木料，可以驅逐噩運、帶來好運，所以講『knock on wood』或『touch wood』，有祈願庇祐的意思。在我的新書裡頭，主角是個從國外回來的偵探，所以他在查案遇到瓶頸時，就會想要敲敲木頭。」

「大師好厲害！」那個愈坐愈近的書迷甜甜低呼，「不過大師，我知道您的書名不會只有一個意思，對吧？」

雖然長得不怎麼樣，但倒是挺用功的；他心裡想著，彎起嘴角，「沒錯。我會取這個書名，的確還有別的涵意。」

他頓了一下，看看所有人等待的眼神，「不過這是閱讀時的隱藏樂趣，所以等大家拿到新書，再仔細想想吧。」

沒有聽到答案，但大家都泛起「我這麼聰明到時一定讀得出來」的微笑。

可是他現在完全笑不出來。

因為他覺得螢幕裡那封電子郵件散發出滿滿的惡意。

這封電子郵件來自他不認得的信箱帳號，寄件人沒有署名，開頭的提稱語很客氣地稱他「老師」，但接下來的內容一點兒也不客氣，直截了當地指出《敲木頭》這本小說具有重大瑕疵，根本算不得什麼好作品。

《敲木頭》還沒上市，這個寄電子郵件來的混蛋在胡言亂語什麼？

他收過各式各樣的讀者來函，有些提及他的作品成為寄件讀者的某種人生指引，有些提及他的作品開啟寄件讀者的某種嶄新視野，有些附檔求教，有些單純讚嘆。有時他會展現親和力回覆，但大部分都只是隨便瀏覽。

不過他沒收過這種膽敢挑他毛病的電子郵件。

算了，沒必要因為這種未審先判的白癡生氣；他移動滑鼠，正要點選「刪除」，又覺得不甘心——頭一遭收到這種侵門踏戶直接討罵的郵件，他怎麼可以縮著頭忍氣吞聲？要是傳出去，他還怎麼維持大師形象？

「無名讀者，來信收到。我虛心接受各種批評，但《敲木頭》還沒上市，所以你一定還沒讀過。在還沒讀過前就做出評論，是種完全無知無聊無理無文化的行為，而且你不敢署名，所以還要加上無膽。待你讀過我的新書，隨時歡迎你找我討論。」

他讀了兩次，認為自己寫得很好，罵得有憑有據，一定可以堵住這個混蛋的嘴。按下「發送」，他伸伸懶腰，捻熄捲菸，看看臉書的動態消息；正打算關上電腦，螢幕上閃出一個訊息，提醒他收件匣裡有封新郵件。

那個混蛋居然回信了。

信的開頭仍用了客氣的提稱語，接著提及自己已經讀過稿子，信末的署名是「阿鬼」。

「阿鬼」是什麼莫名其妙的名字？讀過稿子了？怎麼讀到的？

他皺眉想了一下。目前已經讀過稿子的，是出版社的責任編輯和主編，雖然總編也聲稱已然拜讀，但他知道這大概只是場面話。除了編輯之外，出版社找的那幾位推薦人可能也讀了，不過推薦人如果是文壇前輩，大可直接署名，不需要用這種怪異代號，如果是網路上活躍的部落客，那也沒什麼真材實料能對他的作品指指點點。

已經讀過稿子的人，不可能寫這樣的信給他。這個阿鬼一定在說鬼話。

「阿鬼，我不認為你已經讀過稿子，你的批評也不具體，所以我們不可能進行有意義的討論。如果你繼續寫信來，我不會回覆，並且會視為騷擾，對你保留法律追訴權。」

他恨恨地點選「發送」，捲了另一根菸。叼菸上嘴，還沒點火，阿鬼的回信已經出現。

「謝謝您有心討論，我提出一點具體的意見：」接在明明客氣但現在看起來已經完全不客氣的提稱語之後，阿鬼寫道，「《敲木頭》裡依照槍戰場景發展的主線推理情節，有好幾個很明顯的問題。您全都沒看出來，所以得到完全錯誤的結果。請您多查點資料，不然，至少也多讀幾本推理小說。」

他愣愣地張嘴，唇邊的菸掉在腿上。

幸好還沒點著。

《敲木頭》這個書名的確還有另一層涵意。

除了是個歐美習俗之外，〈Knock on Wood〉也是電影《北非諜影》裡頭的一首爵士樂插曲。電影中的爵士鋼琴手邊彈邊唱，現場觀眾同時應答，唱到「knock on wood」時，樂手和觀眾都會一起發出三下聲響——或者利用樂器，或者拍打身體，又或者敲敲桌椅。

這個敲三下的聲音，才是他選「敲木頭」當書名的真正原因。

《敲木頭》是個應用推理小說架構寫成的故事。

推理小說起源於歐美，經過漫長時間的流傳演變，不同國家都出現了相當有趣的推理作品，國內也不例外。不過他認為世界各國的優秀推理小說，都會反應該國的社會狀況，但國內的推理小說時常太拘泥於外國的既定形式，缺乏本土特色。

所以，他事先訪問警務人員，瞭解他們的辦案程序，並且在《敲木頭》中安排了從國外回來的偵探，與國內的警察做出對比——他打算挪用推理小說裡常見的神探設定，強調偵探注意細節、客觀審視，因此找出破案關鍵，而國內警方則會在破案壓力、輿論人情等等因素下，不小心誤判案情。

國內警察自然不會無緣無故去找個國外偵探幫忙查案，所以他把偵探設定成故事裡刑警的舊識，在與刑警吃飯敘舊時，聽刑警講起這樁案件，認為雖然刑警已經推論出案發經過，但仍有解釋不通的疑點。

此外，他也問到，雖然國內有槍械相關管制法律，但黑道分子要取得槍枝彈藥並非難事：有些來源是二十世紀八、九〇年代的大量境外走私，有些來源則是自己動手改造。這些訊息稍加調查便可知曉，但國內的推理作品卻鮮少提及，他認為許多作者並沒有做好創作前的準備工作。

他打算用一樁警察殉職的槍戰，描述警方在感情因素下倉促結案、忽略重要疑點的過程，再讓偵探指出問題，翻轉偵辦結果。

這場槍戰，發生在國內常見的ＫＴＶ包廂裡。

包廂裡原來有九個人，其中兩個是ＫＴＶ的公關小姐，其他七個有的是地方角頭，有的是無業混混。其中老五和阿生兩名男子，是他故事裡的主要角色。

三排沙發排成常見的ㄇ字形，播著伴唱帶的電視機正對面有一橫排，左右各一直排，圍著兩張併在一起的大方桌，擺滿酒瓶和零食——這是發生槍戰的ＫＴＶ包廂內部狀況。老五坐在電視機對面橫排沙發的中間，右手邊坐著一個公關小姐，左邊坐著另一個人，阿生坐在電視機右邊直排沙發的中間，左右也各坐了一個人；因此，老五和阿生的位置中間，擋著兩個人。包括另一名公關小姐在內的其他三人，則坐在電視機左邊、阿生對面的直排沙發上。

老五和阿生是多年好友，一起長大，一起胡混，兩個人身上都帶著槍，有制式的克拉克手槍，也有私自改造的槍械。這幾個人一面喝酒唱歌，一面把玩槍枝；幾瓶黃湯下肚之後，老五覺得ＫＴＶ服務太差、包廂裡坐檯的公關小姐太醜，所以把公關小姐趕了出去，拿起手邊的制式克拉克，對桌上的酒瓶和天花板胡亂射擊。

ＫＴＶ職員擔心出事，於是通報警方；聽說有人開槍，員警迅速抵達。

站在包廂門外，員警隱約聽見包廂裡的轟然樂音及零星槍響；幾個員警相互示意，人高馬大、身形微胖、綽號「大餅」的員警率先撞進包廂，朝老五開槍。嚇了一跳的老五持槍還擊，等在外頭的三名員警搶入支援，眾人一陣駁火，老五心臟中槍，當場死亡，大餅中槍倒地，包括阿生在內的其他人也被波及受傷。

支援的員警控制住場面，將大餅送醫，但沒能救回大餅的命。大餅身上有三處槍傷：一槍打在臉上，一槍從頭頂射入，一槍由上而下鑽進胸腹之間，打中肝臟。

三處槍傷，是他故事裡的主要謎團；三聲槍響，則讓他聯想到《北非諜影》插曲裡的三下敲擊。「敲木頭」這個書名，於是定案。

「大餅是個好警察，那天他出門前我們還說要一起吃宵夜，然後他就沒回來了；從現場留下的證據判斷，當時的狀況是老五、大餅相互開火、擊斃對方。」與偵探吃飯時，刑警告訴偵探，「我們早就想找機會辦老五，這王八蛋有一堆案底、死不足惜，但他在心臟中彈的情況下，還開了三槍、殺了一個我們的人，我實在覺得這種爽快的死法太便宜他了，真不甘心。」

「子彈上的指紋呢？」偵探問。

「驗過了，但沒什麼用；」刑警搖頭，「在場那夥人，包括坐檯小姐，全都摸過子彈，可見那幫痞子開槍前曾拿出來炫耀。再說，填彈者和開槍者不見得是同一個人……等等，你問這個幹嘛？」

「嗯……」偵探想了想，「要不要我幫忙？」

「幫什麼忙？」刑警擺擺手，「檢方已經確定會朝剛講的那個方向結案了。」

「有沒有可能——我只是說『可能』，」偵探手指輕扣三下桌面，「案子的真相不是這麼回事？」

「喔，外國偵探了不起啊？」刑警發出半是真正動氣半是故作輕鬆的笑聲，「你覺得本地警察很爛、一定會出錯？」

「我就說『可能』嘛！」偵探表情很認真，「這是椿大案子，而且有警察殉職，為了回應輿論、安撫弟兄，所以有沒有可能辦得太急了？我完全是個外人，立場相對客觀，讓我看看相關資料，說不定可以找到一些什麼。」

「雖然我們是老朋友，」刑警搖頭，「但警方的紀錄怎麼可以隨便給老百姓看？」

「我只是私下幫忙，你也不希望沒查清楚就結案吧？」偵探壓低聲音：「再說，我看的就是實證，說不定我看完證據資料，得到的結論一模一樣，那對案子反正也不會有什麼損害；但如果我找出什麼不一樣的東西、發現另外還有個人要為大餅的死負責，你也才會覺得這案子真的破了、真的對得起大餅了吧？」

「但是……」刑警沉吟，「就像你說的，這案子牽涉到自己弟兄，大家都想快快了結它……」

「不會花太久時間的。」偵探道，「讓我把真正該負責的凶手揪出來，才能安慰大餅在天之靈啊。」

看過紀錄後，偵探第一個找到的疑點，是落在老五座位附近的彈殼。

因為包廂裡大方桌和沙發之間的空隙不大，加上槍戰激烈，所以警方認為雙方交火時，其他人都在自己座位上抱頭躲避，沒人移動。老五座位附近的彈殼大多掉在老五右側，只有一發掉在左側，但偵探認為從手槍設計的構造來看，老五當時使用的克拉克手槍，彈殼應該會朝右後方彈出，也就是應該落向身體右側；左側也有彈殼，顯示另外還有別人在老五的左方附近開槍。

老五的心臟中彈，幾乎立即死亡，死前可能沒扣幾次扳機，這更增加了還有別人開槍的可能。

接下來，偵探查閱警方對現場其他人做的鑑定，發現七人當中，共有四人手上顯示出火藥殘留的痕跡。這除了說明駁火過程雙方開了不少槍、所以多人身上都留下火藥殘跡之外，也暗示向四名員警開槍的可能不止一人。

偵探把自己的懷疑告訴警方，警方重新詢問當事人，終於突破其中一人的心防；坐在阿生右邊的那人供稱，當時他曾感覺到阿生移動了位置。

一切線索齊備。偵探依此重建槍戰現場情況，找出真相。

老五在開槍射中大餅臉部後，被大餅擊斃；大餅向前倒下，阿生利用其他三名員警退到包廂外填彈的空檔，離開自己的座位，移動到老五的位置，朝已經側臥在地的大餅補了兩槍，造成那兩處詭異的槍傷。

阿生移動位置的原因，自然是想要把大餅的死完全賴到當時已被擊斃的老五身上，幸好偵探明察秋毫，沒讓真凶逍遙法外。

阿鬼明確地提到「槍戰場景」。這個混蛋真的讀過尚未出版的《敲木頭》？還是誤打誤撞矇上了？

他快速重讀自己的筆記和小說內容，認為這樣的推測合情合理；就算阿鬼真的讀過好了，這個部分哪裡有什麼問題？

他站起身來。

這時需要的不是捲菸，而是十二年的麥卡倫威士忌。

因為睡前喝了三杯麥卡倫，所以隔天他醒得比平常遲了些，差點兒沒趕上早早排定的講座時間。

講座由這城大學的文學系所邀約，在系館最大的教室舉辦。系主任親自在校門口迎接他，指引他把車開到保留車位，陪他走進教室；他站上講臺，塞滿課堂的學生和老師一起鼓起掌來。

他露出招牌微笑。

從聽眾的反應可以知道，他的講座還是展現了一定的水準；事實上，他站在臺上的時候，完全沒有想起前一天晚上的不快。阿鬼的那幾封信好像不小心吃進肚子的過期宵夜，雖然引起些許不適，但在馬桶上坐一會兒沖個水就沒了痕跡。

直到講座結束後的Q&A時間。

「請問老師，」一名同學發問，「您的新作《敲木頭》究竟是部怎樣的作品？」

「這是一部非常在地化的推理作品，」他帶笑眨眼，「當然，不會缺少我一貫堅持的文學價值。」

「老師，」另一名同學舉手，「這個書名是什麼意思呢？」

昨天的茶敘應該已經有相關報導出來了，這些學生都不關注出版新聞嗎？他按下不耐，正要開口，忽然想起阿鬼電子郵件的那句話。

「槍戰場景有好幾個很明顯的問題。」

他瞬間沒了回答的興致。

驅車離開校園，等紅燈的時候，他掏出手機，檢查電子信箱。

他的故事真的有漏洞嗎？阿鬼會再寫信告訴他更多線索嗎？或者阿鬼只是想找個名人惡作劇，放完話讓他心裡生出疙瘩就覺得爽了？他不知道自己到底是期待阿鬼繼續來信，還是就此消聲匿跡？

不管他期待不期待，電子信箱裡都有一封阿鬼寄來的信。

他點開信件，發現阿鬼除了提稱語之外什麼都沒寫，只貼了一段YouTube網址。

這不是病毒連結吧？他仔細端詳網址，似乎很尋常，看不出什麼怪異。

移動手指，正要點選，後頭突如其來的喇叭聲響，把他嚇了一跳。

他抬起頭。燈號已經轉綠。

影片裡有一名外國男子對著靶子開槍。

他瞪著電腦螢幕，滿頭霧水。阿鬼寄這段影片給他做什麼？

影片繼續前進，那名外國男子在桌上分解手槍、解釋各部分零件構造，他開始感到無聊——因為影片中的槍，就是他在《敲木頭》裡寫到的制式克拉克，而為了寫小說，他已經讀過關於這款槍的各種資料，影片裡講的東西，他其實全都知道。

外國男子講解完畢，又開始射靶。噠，噠，噠，噠；他瞇起眼睛正想打呵欠，忽然一愣。

外國男子手持制式克拉克，射擊的時候，彈殼的確大多順著退膛的路線，朝右後方彈出，不過並不是每一枚彈殼都這麼乖巧——在影片當中，隨著外國男子射擊時手部的輕微搖晃以及退膛時的些許誤差，有些彈殼會往左邊跳出去，還有一枚直接往上噴，彈到外國男子的前額。

阿鬼寄這段影片，是要告訴他：《敲木頭》中偵探一開始注意到的彈殼位置，根本就不構成任何疑點。三個彈殼在老五右側，一個彈殼在老五左側，並不代表一定還有另外一人開槍。

看來阿鬼的確讀過《敲木頭》，而且發現了其中的問題。不過他摩挲下巴想了想，認為這事問題不大。

彈殼落點只是引發《敲木頭》當中偵探懷疑的問題之一，但案件的主要疑點，其實是大餅頭頂和胸腹那兩處射入口怪異的槍傷；也就是說，就算彈殼落點不能指出還有其他人開槍，光靠那兩處槍傷，也可以合理懷疑老五不是在場唯一對大餅開槍的人。

《敲木頭》已經完成排版、做過三校，責任編輯也已經跑完國家圖書館預行編目和ＩＳＢＮ的申請流程；也就是說，這本書的內容已然全數確定，排版檔案已經送進印刷廠，等到封面設計完成，就能開始印刷——照現在的狀況，上市時就會是內容存有這個小瑕疵的版本。

如果到時有讀者發現怎麼辦？如果讀者都沒發現，但阿鬼在網路上張揚這事怎麼辦？他不能允許這種事情發生。

要把彈殼這段刪掉？還是保留，讓凶手可以利用偵探的這個誤判來辯解，而偵探再用其他堅實的證據反駁？

修改的方式可以晚點再決定。

他得先通知責任編輯，說他要再調整一下內容。

「呃，您是說您要再順一次稿子？」電話彼端責任編輯的聲音聽起來有點疑惑，「老師，我們只剩封面還沒完成而已耶。」

「我知道，」他在電話這頭解釋，「我只是想到一個細節要再調整，修改幅度很小，頁數不會變。妳把排版修完的三校稿印出來給我，我直接在上頭改一改，妳再交給排版處理就好，花不了太多時間。」

「喔……好，」責任編輯聽起來還是有點擔心，「老師，明天中午您有空嗎？公司企畫又幫您談定了幾場後續講座，明天我們一起吃個飯，我把稿子給您，順便和您對一下講座時間好嗎？」

「沒問題。」

責任編輯挑了他喜歡的餐廳，菜色一如往常地令他滿意。他把剛拿到的列印稿放在旁邊，心想自己昨天已經從電腦存檔裡選好段落做好修改，待會兒回家可以快快把這事了結，稍晚就通知出版社找快遞來取件。對作品力求完美、修改速度又快得驚人，這麼好的作家要上哪兒找？

他昨天一直在思考。不是思考稿子要怎麼改——他花在改稿的時間很短，畢竟只有彈殼落點這個問題，把它改正、順便修一修相關的段落，對他而言輕而易舉——他思考的，是阿鬼的身分。

原稿是在電腦上寫的，完成後附在電子郵件裡寄給出版社；阿鬼是個會攔截電子郵件甚或入侵電腦的駭客嗎？他認為不大可能：他裝了三款防毒軟體，上網也十分小心，況且，哪有偷讀原稿後還向作家提出建議的駭客？

這麼一來，有嫌疑的又回到責任編輯、主編和推薦者這些人身上。

想來想去，他認為讀過最多遍稿子的責任編輯，嫌疑最大。

他瞇眼端詳坐在對面、小口啜著咖啡的責任編輯，心忖：妳就是阿鬼嗎？對我說話恭恭敬敬、對作品讚不絕口，但其實老早覺得我的小說有問題？

責任編輯放下杯子，「老師，我們來對一下講座時間吧。」

他點點頭，拿出手機，正打算查行事曆，心念一轉，先開啟了電子信箱。

信箱裡有一封阿鬼寄來的信。

「我想您已經發現彈殼落點的問題，不過那並不是您用來進行推理的唯一問題。」阿鬼信裡寫道，「包廂裡的警察在槍戰中沒看到有人移動位置，因此判斷對警察開槍的只有老五，但偵探認為還有第二個人開槍，所以其他人都有嫌疑。您安排阿生的小腿被子彈射穿、造成開放性骨折，是為了讓讀者認為阿生是最不可能移動位置的人，好製造揭露真相時的驚奇。」

阿鬼說的沒錯。但這封信的用意並非要肯定他的設計，而是要指出這樣安排造成的問題——而且阿鬼一口氣就列出了四個：

一、偵探發現三名支援警力會退到包廂外填彈時，推論阿生是趁著這段空檔移動的。但開放性骨折會引發劇烈疼痛，而且阿生和老五的座位間隔著兩個人；在警察填彈的短暫時間裡，阿生很難越過兩個人、拿起老五的槍朝大餅射擊，然後再越過兩個人、回到自己的位置。

二、KTV包廂的桌椅之間空隙狹窄，槍戰時大家各自抱頭在座位上躲避，不大可能挪動位置讓阿生通過。

三、阿生的小腿中彈，但根據書中描述的現場狀況，阿生的移動路徑上沒有血跡，這個情況並不合理。

四、最重要的一點是，如果阿生真的在包廂內槍戰暫時停止的時候移動，那麼，當時大餅已經倒地。就算阿生真的在老五的位置附近開槍，也不可能造成大餅頭頂和腹部的槍傷——除非阿生趴在地上射擊。

「綜合以上幾點，我可以明白地告訴您：就您的設定來看，阿生的確不可能移動。您想要造成的驚奇太牽強了。阿生不是凶手。」信件的最後，阿鬼下了結論。

他緊緊鎖起眉心。

阿鬼讀得很仔細，他一向喜歡這樣的讀者，但現在他一點兒也不開心。

因為阿鬼提到的問題太多了。

有些問題他可以像對付彈殼落點一樣，稍加修改就能自圓其說，但有些問題牽涉到偵探的推理過程，沒法子簡單應付——事實上，《敲木頭》後半大多數的情節都按照槍戰場景的設定發展，無論是要修改槍戰場景的設定，還是要按照目前的設定另行推理，他都得重寫大半本書。

麻煩大了。

「老師，這些時間有什麼問題嗎？」

他抬起頭，記起責任編輯正在和自己確認講座時間。

「那個，」他清清喉嚨，「出書的日期可以延一下嗎？」

「延多久？」責任編輯的表情警戒起來。

「大概……兩個禮拜？」他問。

「不行。」責任編輯回絕的語氣帶著罕見的斬釘截鐵，「通路預購的活動已經談妥，講座簽書的行程也已排定，況且前幾天在媒體茶敘時都公開宣布出版日期了，延個一兩天或許還能試試，一延兩週絕不可能。」

約莫是他的臉色不好看，責任編輯放軟語氣，「老師為什麼想延期？是稿子有什麼狀況嗎？我們可以一起幫忙處理。」

「稿子沒有問題，」他連忙否認。故事有漏洞，要是被編輯知道了，他的臉要往哪兒擺？「只是這回寫的是推理故事，所以我想更仔細一點。」

「老師實在太謹慎了，」責任編輯笑了，「我們都看過稿子，沒有問題的啦。」

他擠出笑臉，「謹慎本來就是文學創作者該有的態度嘛。」

第十支捲菸已經燒到盡頭，他還是沒想出什麼解決方法。

責任編輯告訴他，他可以盡量修改，只要頁數沒有太大的變動、在這週之內把修好的稿子快遞回出版社，就來得及重新排版、如期出書。

現在已經是週三深夜，所以他能修改的時間只剩一天多；如果只改彈殼落點問題，這時間綽綽有餘，但現在要改的部分太多，這時間遠遠不夠。

況且他還不知道該怎麼改才好。

他打開電子信箱，發現阿鬼的信是中午寄到的。那個時候責任編輯坐在他對面吃飯，所以他先前的推測是錯的，責任編輯不是阿鬼。

現在沒空去想阿鬼是誰了啊！他在心中吶喊：現在該專心思考怎麼挽救這個故事、別讓我在讀者面前丟臉啊！

他搖搖頭晃掉紛雜的思緒，捲好第十一支菸，決定重讀一次《敲木頭》。

根據他描述的槍戰場景，大餅撞進包廂時，位置在電視機旁邊、老五的右前方，方桌橫在兩人中間。大餅和老五互相開槍，駁火結束後，老五死在沙發上，大餅側身倒在方桌旁邊，頭朝著老五的方向，接近桌緣的桌面和大餅身下都有血泊。

小說裡的警方發現，大餅體內的三顆子彈，皆由老五持有的制式克拉克擊發。警方推測現場狀況是大餅先被老五擊中，子彈射入右臉，造成第一處槍傷，但大餅沒有馬上倒下，而是開火還擊，又被射中兩槍、但也擊斃老五之後，才往前傾倒，先撞上方桌、留下血跡，再倒臥在地。

偵探則認為，警方的推論無法解釋大餅的另外兩處槍傷。大餅身上後續的兩處槍傷，一發打進頭頂，子彈卡在喉部，另一發擦過胸口，打進腹部，造成地上的大片血泊。從子彈的行進方向可以得知，這兩槍都由上方射入，包廂裡並沒有人像電影主角那樣一邊飛躍一邊開槍，所以大餅應該是倒臥之後才被射中的。大餅頭朝老五方向側臥，是故那兩槍應該在老五的位置附近擊發，但大餅倒下的時候，老五已經死亡，因此這兩槍不可能是老五開的，真凶另有其人。

案子是他設計的，他當然知道偵探的懷疑是對的，後續展開的推理也是正確的；但就阿鬼的說法，偵探的推理立基點就錯了，後續自然也就不對。

時間剩不到兩天了。該怎麼改？

螢幕上跳出一個訊息。他眼睛一亮。

讀了幾行，他的眼神又黯了下來。

「《敲木頭》的槍戰場景其實提供了很有意思的線索，那兩槍的射入角度的確有怪異，偵探理應懷疑。但偵探的推理與我自己的推理不符，我仔細想過，發現我的推理是對的，而偵探的推理——也就是您故事裡的『真相』——其實是錯的。

「我在前幾封信裡，已經舉出足夠的問題，您沒有回信反駁，可能是您根本不想理我，也可能是您已經同意我的看法。我衷心希望是後者。

「因為如果您也同意我的看法，那就表示您可能在《敲木頭》上市前把情節修改成正確的版本，這本書就會成為一本結合文學技法和推理架構的優秀小說——這是國內出版市場非常需要的作品。

「或許這幾天您已經想出正確的推理了，那麼請讓我為最後這封叨擾的信件致歉，我是真的很期待拿到《敲木頭》，重新讀一遍沒有問題的版本。又或許您還沒想清楚，那麼這封信裡附上的圖檔，或許可以給您一些指引。

敬祝新作大賣。」

他發現阿鬼又寄了一封信來的時候，直覺認為阿鬼會提供一些能夠幫忙的線索，但讀完了信、看過了附在信裡的圖檔，他還是不確定阿鬼到底給了什麼東西。

冷靜一點。他捻熄菸屁股，深吸一口氣，重讀阿鬼的信。

阿鬼這封信寫得很委婉，對他的作品也持正面評價，看起來應該是他的忠實讀者；不對，現在要分析的不是阿鬼是誰，專心。

從阿鬼的信裡可以知道，他設定的槍戰場景其實能夠推理出一個正確的結論，只是這個結論和他原來想的不一樣。真見鬼，他居然被自己設計出來的謎題誤導了；不對，現在不是發牢騷的時候，別分神。

信裡的附圖，是一個微胖的男子表情痛苦地抱著肚子，看起來似乎是腸胃正在鬧彆扭但找不到廁所。他覺得自己一直想不出解決方法的模樣，大概也和圖檔裡的男子相去不遠。

乾脆承認自己想不出來、寫信給阿鬼，請阿鬼告訴他答案好了。不成，這樣太丟臉了，如果阿鬼講出去怎麼辦？

他瞪著男子糾結的五官。

你這傢伙究竟為什麼肚子痛？他在心裡問。

咦？他感覺顱腔內裡有個燈泡亮了起來。

移動滑鼠，點開瀏覽器，他開始飛快地查找資料。

「老師的新作《敲木頭》實在太精采啦；」負責主持的學生咧著嘴笑得很愉快，「案件發生在ＫＴＶ包廂，完全就從大家熟知的日常裡取材，警方偵辦的過程寫得也很仔細，我們推理迷平常讀的大多是日本或歐美的翻譯書，能夠讀到一本這麼寫實的作品，真是太好了！不知老師事前是怎麼準備的呢？」

《敲木頭》如期上市，造成熱烈迴響。他的名號在純文學讀者之間本來就很響亮，而這回又應用了推理小說的架構，所以文學讀者和推理讀者都很捧場。幾個大專院校的推理社團相繼請他分享心得，責任編輯認為多與青年學生接觸，對推廣作品大有好處，於是在已經談定的講座空檔硬是幫他卡進幾場像今天這種小型分享會。

他已經很多年沒有出席這類只有十個人左右的場子了，不過這些推理社團的學生對《敲木頭》的反應十分熱烈，有點出乎他的意料。學生們讀得仔細，有幾個明顯表現出對創作的熱情，但似乎全都不知道該怎麼開始寫小說才好；或許今後他該多寫這樣的作品，如此可以引起更多人的閱讀興趣、更多的討論，也才會有更多人投入創作。

不過寫推理小說真的要很小心啊；回想自己這回的修改過程，他還是覺得實在太驚險了。

幸好他寫小說的技術純熟。也幸好有阿鬼寄來的信。

想起阿鬼，他的嘴角泛起一個苦笑。

「老師？」主持的學生見他沒有回答，開口問道，「呃……我是不是問了太基本的問題？」

「這是個基本問題沒錯，但你問得很好。」他回過神來，「其實《敲木頭》並不完全寫實，例如書裡頭出現了偵探；在推理小說當中，有一個偵探來主導推理天經地義，但國內並沒有日本或歐美推理作品裡的那種偵探。當然，我們有徵信社，不過徵信社一般不會接到這種嚴重的刑事案件，我們的警方也不會去找徵信社諮詢意見。除此之外，其他部分的確都是國內偵辦刑案時會出現的情形；你提到的事前準備，沒有別的捷徑，就是要勤查資料，可以的話，還要去做田野調查。」

「田野調查？」主持的學生看起來很訝異，「要查資料我知道，但我以為作家只要查資料，其他部分靠想像就好了耶。」

「有想像力很重要，」他點點頭，「但如果只有憑空想像，你寫出來的東西很容易不具說服力。例如我在寫《敲木頭》之前，就透過朋友找了刑警，詳細地問過他們的偵查方式，這樣才能創造出你讀起來覺得很寫實的情節。」

「請老師舉些具體的例子吧。」主持的學生要求。

「好。例如書裡頭槍戰發生時，警察的站立姿勢。」他彎曲無名指和小指，比劃出一把手槍，「為了減少暴露的面積，他們的身體會稍微偏向一側；書裡的大餅被擊中的第一槍打在右邊臉部，因為他當時右手持槍，所以右頰會面對朝他射擊的老五。這種細節你在查資料時不見得知道，但田野調查時就可能會問出來。」

沙沙沙沙，臺下傳來幾個學生做筆記的聲音；主持的學生一臉恍然大悟，「原來如此。那麼，書裡提到的火藥鑑定問題，也是老師在田野調查時知道的嗎？」

「火藥鑑定很多推理作品都出現過吧。」他道。

「但老師用的手法很巧妙，」主持的學生補充，「《敲木頭》裡的火藥鑑定一開始會讓我們以為還有別人開槍，但後來又變成再次翻轉的證據，我讀的時候覺得很意外啊。」

「講到那個可能就會涉及謎底了；」他笑著轉向臺下的學生，「大家都讀過了嗎？可以講嗎？」

臺下所有的腦袋一起點了起來。

「開槍是利用火藥的爆炸能量將彈頭推出槍管，」他解釋，「噴發出來的火藥會殘留在開槍者的手上，因此能夠經過鑑定確認某人是否開槍。我的場景設定在KTV包廂裡，雖然有空氣流通，但可以視為一個密閉空間；槍戰開始前，老五就已經朝天花板和桌上的酒瓶開過槍，槍戰開始後，四名員警又在包廂裡開了不少槍，這些槍擊的火藥微粒在包廂裡四處飄散，所以警方做火藥鑑定時，除了老五之外，還有四個人驗出火藥殘跡。」

「你們都已經讀完小說，所以應該都知道，小說裡的警方認為這是正常狀況，不覺得這樣的檢驗結果有問題；」他喝了口水，繼續說明，「而這也只是讓偵探注意的疑點之一，不是主要證據。但大家可能不知道，火藥鑑定有『定性』和『定量』兩種。一般我們在推理作品裡提到的，都是『定性』，也就是檢查某人手上或衣服上有沒有火藥殘跡，藉以判斷某人有沒有開槍。但在我的這個場景裡，應該要再對那四個人做『定量』的檢驗，確認他們身上火藥殘跡的多寡，才能確認他們是否曾經開槍。」

「是啊。幸好書裡的偵探想到這件事，不過他發現定量鑑定的結果和他的推理不一樣時，我和他一樣都嚇了一跳啊；」主持的學生沒忘了自己原來的問題，「所以，這也是您在田野調查時問到的？」

「不，」他搖搖頭，「這是我查資料時查到的。」

事實上，這不是他在創作前先查好的資料。

這是他讀過阿鬼最後一封信後才查出來的。

阿鬼的最後那封信，附了一張微胖男子抱著肚子的照片。

他瞪著照片好一會兒，突然想到，如果有人朝這名男子的正面開槍，子彈就可能擦過男子因前傾而擠出來的胸部肥肉，由上而下鑽進男子的腹部。

這與他描述的大餅腹部中槍狀況一樣。

也就是說，如果大餅是在往前頹倒的過程裡中彈，就能解釋大餅頭頂和腹部的槍傷，而且也不會出現阿鬼信中指出的「阿生趴在地上射擊」那種詭異情況。

不過要讓大餅在倒下的過程裡繼續中彈，就不大可能安排阿生移動到老五的位置開槍射擊大餅。按照他原來的描述，那個時候支援的警力應該正在包廂裡開火，要阿生在火網中移動射擊，沒什麼道理，況且阿鬼也提到其他證據，認為阿生不可能在那種情況下移到老五的位置，再回到自己的座位。

但阿鬼說他寫的情況是有合理解釋的。

所以只剩下一種可能。

他先在網路上找到另一段射擊的影片，觀察制式克拉克的射擊情況，確認了自己的假設，然後查出火藥鑑定也該做定量檢測這件事，最後再讀一次自己寫的槍戰現場，確定修改的方式。

接下來的一天半，他幾乎沒有離開電腦前面。

《敲木頭》的最後必須再出現一次轉折，讓偵探發現自己誤判，重新做出正確的推理。這個篇章需要的字數不多，但得在前頭加些伏筆、做點調整，才能讓最後的推理有憑有據；再者，為了不影響全書已經確定的頁數，他還得修改前面的章節，刪掉一些字詞、改短一些句子，同時設法維持他引以為傲的文學手法及優美用字。

「老師，您的稿子⋯⋯改得不少啊。」週五下午，他把完成的檔案寄出去後，接到責任編輯的電話。

「所以我才給妳電子檔啊，」他邊打呵欠邊回答，「這沒法子在列印稿上面改。」

「但是頁數⋯⋯？」責任編輯問得欲言又止。

「頁數不會變，我算過了，」他道，又打了個呵欠，「妳放心。要排版照原來的格式排就好，不會有問題。」

「謝謝老師，您真體貼。」責任編輯的聲音聽來帶著甜蜜。

「我只是個力求完美的作者而已。」他頓了頓，道，「沒事的話，我要先去睡一會兒。」

偵探在推斷出阿生也開了槍之後，警察再度訊問包廂裡的其他人，有人供出曾經感覺阿生移動位置，證實了偵探的論點。

但偵探仍然覺得不大對勁。

阿生的小腿被擊中、造成開放性骨折，理應痛到難以行走；沙發與方桌之間的通道狹窄，加上中間還坐著其他人，更增加了移動的難度。

況且當時警方正在開火。倘若是鄰近老五的人拾起沙發上的槍射擊大餅，或許還有可能，但坐在老五兩側的人都堅稱自己沒有離開座位，倒是阿生身旁那人語焉不詳地說「感覺」阿生有動作——這聽起來實在太像是在警方逼問下提供的含糊說法了。

這個證詞可信嗎？

但這個證詞是自己的做出新推論後、警方才問出來的；偵探自忖：那麼自己先前的推理，是不是也有什麼問題？

重新檢視現場的狀況，方桌上的血跡引起偵探的注意。

警方和偵探都認為血跡是大餅頹倒中途撞上方桌時留下的，但按照偵探早先的理論，當時大餅只有臉部中彈，傷口不大，為什麼會在方桌上留下大片血泊？

偵探瞪著現場照片，在腦中重新模擬槍戰過程，突然明白一件事。

首先，大餅臉部中彈，向前傾身，彎腰接近方桌邊緣。這時另外兩發子彈射來，一發摜進大餅頭頂，第二發擦過大餅的胸口，鑽進肝臟。

肝臟裡的大量血液從傷口泉湧而出，在方桌上形成一泊鮮血池塘。

在支援警力朝著老五開火的同時，大餅脫力臥倒，躺在方桌與沙發之間。

這是方桌上留有大片血泊的成因。

偵探先前一直認為大餅頭頂和腹部的傷口角度特殊，必然是倒臥之後才中彈，彼時老五已經死亡，所以開槍的另有其人；但如果那三槍接連射出，那兩處傷口的確可能在大餅倒地前形成——持槍者毋須改變射擊角度，造成古怪射入角度的，是大餅中槍後改變的姿勢。

而方桌上的血泊，支持的是第二個推論。

自己先前太注意槍傷射入角度了；偵探心想：居然一時忽略方桌上的血跡量透露的線索。要把這個證據也考慮進來，才會得出最終的正確推理。

警方聽到偵探推翻自己原來的理論、重新提出說法，認為這個新推理無法成立——因為在這種情況下，阿生就不大可能移動位置，事實上，從偵探的新推理來看，凶手只可能是一個人。

「但那個人在槍戰一開始就被大餅打死了啊；」刑警不解，「後續那兩槍怎麼可能是他開的？」

「那個人的心臟中彈，的確可能當場死亡，但我們不知道他在死前朝大餅開了幾槍——別忘了，制式克拉克可以連續擊發。我查過網路上的實射影片，制式克拉克射擊十發子彈，只需要一點七秒。」偵探指出，「而且，我們也不確定大餅臉部中彈後，撐了多久才倒下。」

「大餅那麼強壯，倒下前至少已經幹掉老五。」刑警恨恨地道。

「不，」偵探平靜地說，「我不確定打進老五心臟那一槍究竟是哪個警察擊發的，你們根本沒有讓我看相關的彈道鑑定，只有口頭告訴我說那是大餅射中的而已。」

「你是說我對你隱瞞證據？」刑警真的生氣了，「我為什麼要這麼做？其他人的證詞你怎麼說？我們重新詢問之後，已經有人供稱阿生挪到老五的位置去拿槍了啊。」

「那個證詞不足採信。」偵探看著刑警，「我已經問過作證的人了。他原來並沒有說阿生移動位置，後來改口的原因，是你們的人刑求他。」

「你還私下跑去問作證的人？」刑警瞪著偵探，眼中冒火。

「如果他對我說謊、警方並沒有動刑，那就請你把偵訊過程的錄影紀錄拿出來證明。」偵探靜靜地道。

刑警沒有說話。

「我明白，死了一個弟兄，你十分生氣；」偵探嘆了口氣，「你原來以為凶手已經在槍戰中死亡，心裡的氣憤無處發洩，所以當我檢視資料、提出阿生開槍的論點之後，你精神一振，大力協助，補上各種證據來支持我的看法。但我們應該是伸張正義的人啊。阿生和老五那種流氓混在一起，或許也是個問題人物，不過讓整個過程都沒有開槍的阿生背上殺警罪名坐牢判刑，並不是伸張正義的方式。阿生八成會因此被判死刑吧？大餅殉職了，我很遺憾，但我相信大餅也不希望看到你們故意把死罪安在阿生頭上。因為大餅根本不是阿生殺的。」

過了一會兒，刑警苦澀地開口，「所以，凶手就是那個人？」

偵探點點頭，指尖不自覺地在桌面輕扣三下，「從頭到尾，凶手都是老五。」

「老師，《敲木頭》三刷了！銷售成績非常好！」責任編輯的聲音很興奮。

「是啊。」《敲木頭》的預購狀況驚人，上市後口碑極佳，他接到責任編輯通知三刷的電話時，距離正式發行還不到一個禮拜。

「老師一定很有成就感吧？」責任編輯問。

「嗯……」他想了想，「這本書給我的成就感，倒不是來自銷量。」

「那是……」責任編輯猜測，「對本土推理的貢獻？對文學閱讀的推廣？」

他搖搖頭，然後想起電話彼端的責任編輯看不到，「不。」

「所以到底是什麼？」責任編輯很好奇。

「我覺得我救了一個人。」

他並不是在胡說八道。

那個週五近午，把稿子全數改完時，他睜著疲憊的眼睛，發覺自己腦中浮現的，不是完稿的喜悅，而是拯救了阿生的欣慰。

阿生只是他筆下的一個角色，他不知道自己為什麼會有這種感覺。

或許因為他原來自以為是的設定會讓這個角色蒙上不白之冤吧？可以在出版前

把這個問題改正過來，不但救了阿生，也救了他自己。

但這件事不完全是他的功勞。

當然，最後火力全開不眠不休改動稿件的人是他，但讓這件事情開始轉動、導向正確方向的人，其實是阿鬼。

仔細想想，阿鬼實在是個奇妙的人，寫來的每封信，除了一開始充滿敬意的提稱語沒變之外，內容行文的方式都不大一樣，有的直接點出問題，有的只是拋出一個乍看之下不知所以的線索。

《敲木頭》的完成，實在要感謝阿鬼；他想：阿鬼曾說很期待新書，不知買了沒有？送一本給阿鬼吧。

他找出阿鬼最後一封電子郵件，點選回覆，寫信詢問阿鬼的收件地址。

按下「發送」，他起身伸了個懶腰，下意識又瞥了眼信箱。

信箱什麼反應也沒有。

他看著螢幕，忽然感到強烈的失落。

沒有你
我無法微笑

02

我無法大笑，無法歌唱，
我發現我什麼事都做不了

〈Can't Smile Without You〉
by The Carpenters

Can't Smile Without You

「讚！」小琦喝乾最後一杯，把酒杯重重扣在桌上；阿欽看看自己酒瓶裡的殘酒，把沒喝完的杯子也放了下來，搖頭苦笑。

接近夜半，熱炒店仍很熱鬧，圍著幾張小桌的幾組客人，聊天的音量還算節制，圍著大圓桌坐在一起的七、八名年輕男女，笑鬧起來則沒什麼顧忌。

他們是從同一所體育學院畢業的同學，剛離開學校一年，感情仍然很好，時時聚餐，閒聊近況，也會和在學校時一樣，互相比拚酒量。

「操，阿欽你放水是不是？」阿欽身旁的年輕男子重重捶打阿欽的肩膀，「你這酒豪看到漂亮女生就神氣不起來啦？」

「是小琦太強了啦；」阿欽看看小琦，聳聳肩，坐在小琦右邊的女孩搭腔，「對，不要亂說，我們小琦名花有主了吶。」

小唯一邊從外頭走進來，一邊把行動電話收進肩袋，在小琦左側落坐，「抱歉，臨時得打個電話回家。」

「小海豚耶，好時髦；」另一名女孩道，「小唯不愧是有錢人家的千金。」

「什麼千金，不要亂講；」小唯笑著揮揮手，端起一杯烏梅汁，「我都沒有男朋友，還是像小琪這樣有人要比較實在啦。」

讀到「小海豚」的時候，她愣了一下，接著想起，這是一部將近二十年前的作品。把「小海豚」和「行動電話」兩個關鍵字鍵入搜尋引擎，果然查出那是一款在二十世紀末暢銷的手機暱稱，當年不但紅極一時，而且還是全球第一款支援中文輸入的手機。那時她還在念小學，對這東西沒什麼印象。

她把這三個字存進手機的筆記程式裡。

寫小說的時候，這種與時空背景相關的小細節很需要注意，在角色對話或情節描述中這類自然而然出現的詞句，會積累成屬於故事的場景氛圍。有時一個不小心，時空就會產生錯亂，減損故事的說服力。

「老實說，我有時會覺得小琪和阿正會在一起實在很妙；」小琪右邊的女孩笑道，「阿正斯斯文文的，遇上小琪大概會一直被欺負吧。」

小琪的男友阿正是安親班老師，溫和有禮，極有耐心，唇邊總帶著淡淡的笑意，身高與小琪差不多，但看起來比小琪還瘦。

「亂講！」小琪又替自己倒了一杯啤酒，「阿正也有生氣的時候，只是你們都不知道啦！他吃醋的時候會變得很激動，連我都會怕哦。」

「妳還讓他吃醋啊？」小唯睜大眼睛，「和別的男生眉來眼去是不行的唷！」

「我哪有；」小琪推推小唯，「阿正本來就是醋罈子。」

「所以阿正吃醋的對象不是阿欽？」小唯沒放過小琪。

「不要亂說。」阿欽把酒喝乾，搖著頭笑了笑。

「請問店裡哪一位是小琪？」大家還想繼續開玩笑，忽然聽見店員拉開嗓門喊，「櫃檯有妳的電話。」

小琪推開椅子走向櫃檯，接過店員手上的話筒，講了幾句，又匆匆走回來，「我不喝了，阿正約我去大橋，先走啦！」

「見色忘友啊！」同學們不滿地鼓噪起來，只有阿欽站起來道，「這裡不好叫車，我騎車載妳過去吧。」

「你有多的安全帽嗎？現在不戴安全帽要罰錢；」小琪看看阿欽，還沒等阿欽回答，又道，「還是不要好了，你剛喝酒，酒駕被抓更糟糕。」

「我送妳去好了；」小唯站起身來，「我去把車開過來。」

●

車廂裡的座位皮套還散著嶄新的氣味——畢竟這是小唯上個月剛從父親手中接過鑰匙的生日禮物，里程表的數字還停在二位數。前往大橋的路上，小琦半羨慕半嫉妒地針對小唯的駕駛技術開玩笑，小唯笑著回了幾句，接著換上關心的口吻，「聽說妳和阿正最近不大愉快，沒事吧？」

「沒事，我們很好。」小琦看著窗外，過了一會兒，又說，「他約我去大橋賞月看夜景，我們沒事。」

「那就好。」小唯笑笑，沒再說什麼。

小琦不確定自己和阿正最近有些摩擦的事，小唯是從哪裡聽來的，不過小琦很明白：小唯也對阿正有好感。

說起來小唯的確是大多數男生會產生好感的對象：長相清麗，笑容甜美，雖然是體育學院的田徑選手，但平常動作還是秀秀氣氣的，充滿女人味。小琦和小唯在畢業前的最後一次跨校聯誼同時認識阿正，那時小琦就看得出小唯的眼光一直跟著阿正，只是小琦沒有料到，活動結束之後，反倒是自己接到阿正打來的邀約電話。

除了太容易吃醋之外，阿正實在是個體貼稱職的男友，小琦不想放棄這段關係。告訴小唯說阿正約自己賞月看夜景的原因，是希望讓小唯早點死心。

車身顛了一下，小琦眨了眨眼，「怎麼回事？」

「好像輪子沒氣了；」小唯道，「快到大橋了，我先把妳送過去再說。」

大橋是本地的交通要道，白天車多，車與車親親熱熱地擠在一塊兒，總讓人覺得「大橋」二字名不符實，到了夜半無車，橋面看起來才真有「大橋」該有的氣勢。遠遠的，小琦和小唯就看見阿正的車逆向停在欄干旁邊。夜空中雲層緻密，看不見月亮，橋上很暗，不過阿正沒把車子熄火，車頭燈還亮著。

小唯把車開進阿正車燈打亮的光圈裡，停車熄火，和小琦一起下車；小琦看看右側前輪，點點頭，「的確有點扁，需要我和阿正幫忙嗎？」

「沒關係。」小唯彎腰檢視，搖搖頭，「附近就有一家車行，我開過去就好。」

「這時間車行還開著？」小琦問。

「那家車行和我爸很熟，沒問題的。」小唯直起身子，笑了笑，「走吧，別讓阿正等太久。」

兩個女孩一起走到阿正的車旁，原來一直看著欄干外頭發呆的阿正回過神來，轉頭看見她們，伸手幫小琦開了車門，朝小唯點頭招呼。

小琦坐進副駕駛座，搖下車窗，對小唯道，「快去打氣吧，路上小心。」

「好。」

小唯點點頭，看了阿正一眼，頓了一下，走回自己的車子，調頭離開。

阿正沒有笑——在前往車行的路上，小唯一直記得這個畫面——不只在對小唯打招呼時沒有笑，看著小琦的時候也沒有笑。

小唯當時並不知道，那是自己最後一次看見阿正。

還活著的阿正。

阿正的死亡之謎，是近二十年前讀者們熱烈討論的話題。

當年有一本訂戶數字及銷售數字都很不錯的文學雜誌，想要成為文藝青年的男女學生會讀，想要躋身文壇的創作新秀會讀，引領潮流的文化領袖會在上頭發表評論，散文家小說家也樂於在上頭發表作品。

小琦和阿正的故事，就在這本雜誌上連載。

故事的作者十分年輕，在連載之前出版過一本散文集，評價極佳，被視為國內文壇最具潛力的新星。雜誌社總編聽說作者的小說寫作計畫，提出連載邀約；原來以為這部作品的內容會與作者先前的散文類似，會以青年男女的感情事件為主，不料在連載的過程中，出現了兩個意外。

第一個意外發生時，連載剛過全書預定字數的三分之一。

從開場來看，這的確像是個多角戀愛的愛情故事，沒人料到不但男主角突然死亡，女主角還成了殺害男主角的嫌犯，情節開始變得充滿懸疑趣味。

於是，連本來對愛情故事不感興趣的讀者，也都加入了追讀討論的行列。

每個讀者都認為自己的想法有道理，但每個讀者都不敢百分之百完全確定——

雖然讀者們討論得很起勁，但理應在故事結局揭露的真相，一直都沒有出現。

因為發生了第二個意外。

故事連載經過五分之三的時候，作者出了車禍。

還沒來得及告訴讀者阿正是怎麼死的、是不是小琦殺的，作者就在送醫途中沒了呼吸。

雜誌社協助作者家屬治喪，也徵求了同意，上門尋找作者可能留存的故事大綱或後續草稿，但什麼都沒找到。

一個原來青春甜美的故事出現如此發展，已經有了令人嘆惋的味道，而原來應該為讀者講完故事的作者忽然離開人間、留下懸而未決的謎團，就更顯得命運弄人——許多讀者參與討論、描述自己認定的發展前，並沒有經過縝密的推理，大多數讀者下意識裡想到的，是要補足心中未能被結局填滿的缺憾。

這個故事叫〈沒有你我無法微笑〉。讀者們都知道，這個名字來自木匠兄妹的同名經典英文歌曲，原名叫〈Can't Smile Without You〉，是故事男主角阿正最喜歡的一首曲子。

阿正個性安靜，喜歡英文老歌，尤其鍾情於木匠兄妹優美柔和的演唱；每天從吵吵鬧鬧的安親班下班之後，回家獨自聽木匠兄妹的唱片，是阿正最大的享受。

在認識阿正之前，小琦對英文老歌沒什麼感覺，喜歡的是流行舞曲，尤其是八〇年代充滿電子音效的迪士可曲目；認識阿正之後，小琦有時也陪著阿正聽英文老歌，只是仍然沒有太大的興趣。

小琦好動、喜歡熱鬧，常常呼朋引伴地出遊。大多數讀者與主角身邊的朋友們一樣，認為這對個性南轅北轍的愛侶很難長久相處；但作者十分巧妙地在情節中展現兩個角色相互包容的體貼，又會讓讀者忍不住希望他們能夠甜蜜地繼續下去。

當年因故事被命運無情中斷而熱烈討論的讀者們，大約沒有人料到：在將近二十年之後，會出現一個奇蹟。

連載〈沒有你我無法微笑〉的雜誌社持續發展壯大，經過多年，已然成為國內最重要的出版社之一，不但繼續出版文學雜誌，還成立了圖書部門，培育許多優秀作家，出版許多暢銷作品。

文學雜誌上目前連載的小說故事已經接近尾聲。這個故事屬於一個極受歡迎的系列，該系列前幾年出版的長篇屢屢創下銷售紀錄，評價一本高過一本，現在即將完結的最新故事，更將雜誌的銷量推向高峰。

為了宣傳在下個月連載結束後就會集結出版的小說，這個月的雜誌搶先刊出作家專訪；作家在專訪中提及，自己開始創作這個系列的原因，就是二十年前讀了〈沒有你我無法微笑〉、被故事裡細膩情感深深吸引的緣故。

這段訪談重新喚醒老讀者對〈沒有你我無法微笑〉的回憶，雜誌社還在訪談結束後，以全頁廣告的方式宣布：闊別二十年，〈沒有你我無法微笑〉將重新開始連載。

廣告裡表示：為了讓老讀者重新複習、新讀者完整體驗，所以〈沒有你我無法微笑〉依然會從故事的原初從頭連載；但與二十年前不同的是：這回的連載，將告訴所有讀者，故事的真正結局。

雜誌社說明，過去負責〈沒有你我無法微笑〉的編輯近日整理舊物時，發現了當年沒被找到的遺稿；雖然二十年前的連載沒有完結，但作者其實已經完成故事。

這個奇蹟讓讀者極感興趣。讀過舊時連載的讀者，再度討論起往日閱讀時的感動，以及更重要的，故事的後續發展；首次聽聞這部未完作品的讀者，則因而生出一種傳奇再現的感受，彷彿某種自己未能親炙的過往美好年代，居然就要在現代重新出現。

對於網路上快速累積的相關討論，出版社自然樂見其成；事實上，出版社裡已經收到來自讀者、數量不少的電子郵件，有的希望出版社先從當時中斷的部分開始連載，有的建議出版社直接刊載濃縮版的前情整理。

她知道出版社並沒有答應這些要求——出版社並沒有同她討論，要她提前交稿。她不交稿，出版社就沒有新進度可以接續連載。

因為根本就沒有編輯找到作者遺稿這回事。

這只是出版社為了炒作話題掰出來的情節。

她是個影子寫手，專門幫名人捉刀創作。

有回由她代筆、出版自傳的明星，在讀了內容之後，驚喜地對她說：「妳寫的和我講的一模一樣，感覺完全就像是我寫的耶！」她謙虛地笑笑，沒有點破明星口述時其實代名詞混亂、時空背景亂跳，她花了不少功夫才釐清事件前後順序的實情。

她擅長模仿不同名人口吻、不同敘事筆調，就算名人們沒空和她多聊，憑著名人提出的一些零碎想法，加上出版社的整體規畫，她仍能寫出一本有模有樣的作品。至於作品上頭放的不是自己名字這事，她倒不怎麼在意；她明白這些作品都只是工作，反正多數買這類書的讀者，買的也只是對名人的想像而已。

不過這回的工作不大一樣。

〈沒有你我無法微笑〉是本扎扎實實的文學作品。因為委託的緣故，出版社將作者先前的散文集、刊載過的內容，以及彼時讀者寄到雜誌社的信件全都交給她。她先讀完散文集，再讀連載內容，發現作者刻意避開散文中太過繁複華麗的形容方式，以更平實的筆法控制流暢的閱讀感受，但仍保持了細膩豐盈的情感。

為求慎重，她先試寫了一些段落，覺得滿意之後，還與編輯討論了幾次。

現在她確定自己準備好了。接下來要做的，就是想想怎麼幫這個故事收尾。

車胎打好氣、量過胎壓，小唯開車回到大橋，驚訝地發現小琦沒坐在車裡，而是趴在欄干旁邊，向下不知看著什麼。

小琦聽到車聲，轉頭看見小唯，快快地揮動雙手跑來，臉上充滿惶急。

「怎麼了？」小唯停好車，搖下車窗。

「幸好妳轉回來；」小琦已經跑到窗邊，微微喘氣，「快幫我打電話叫救護車，順便打給我爸和阿正的家人。」

「救護車？阿正？」小唯發現事情不對，「阿正怎麼了？」

「快打電話！」小琦沒有回答，「我去橋下找人幫忙！」

就在小唯復返前的幾分鐘，阿正從橋上墜落。

那個季節是枯水期，大橋底下絕大部分是裸露乾涸的河床，只剩一道淺淺涓流，墜橋的阿正躺在河床上，與涓流隔著一段距離。從橋墩往外走五、六十公尺的河床上有另一個人，正停下原來捕蝦的動作，直著脖子朝這邊張望。

小琦冒險從路旁的邊坡下橋，跑向捕蝦者，和捕蝦者提著照明設備一起回到橋墩下方；與此同時，救護車的閃燈也伴著警笛，從大橋的另一端快速駛近。

救護車雖然來得不慢，可是阿正墜落時頭部直接撞擊岩塊，在送醫途中就已沒有生命跡象；急診室醫生盡責地搶救，但警方趕到急診室的時候，阿正已被宣告死亡。

警方在事後找小琦製作筆錄，小琦表示，小唯離開之後，自己與阿正發生爭吵，阿正愈說愈激動，忽然打開車門、跨上欄干；小琦還來不及阻止，阿正就已經躍出橋外。

小琦的這番說詞，阿正的父母完全無法接受。阿正的母親原來就覺得小琦太野、太愛玩，如今更認為小琦要為阿正的死負起完全責任。

小琦默默承受阿正父母的責備，認為這是自己應得的懲罰，待到阿正的葬禮結束，小琦才駭然發現，自己居然成了謀殺案的被告。阿正的父母正式提起告訴，指控小琦殺害阿正。

讓阿正父母決定提告的關鍵，是事發當晚在大橋下方那個捕蝦者。捕蝦者姓洪，事發之後，曾被警方以目擊證人身分約談。當時洪先生表示，自己原來低頭捕蝦，並沒看到事發經過，直到聽到重物墜橋的聲音，才覺得不大對勁。但在葬禮前夕，洪先生在阿正父母的陪同下再度現身警局，推翻了自己先前的證詞。

洪先生表示，自己原來不想多事，但看到阿正父母肝腸寸斷的心碎慘況之後，受不了良心的譴責，決定說出事實——洪先生捕蝦的時候，聽到大橋上傳來爭吵聲，就已經抬頭查看；洪先生不但看到小琦在橋上追打阿正，還看見兩人在欄干邊推扯時，小琦數度拉起阿正的領子。

因為認為那是情侶吵架，所以洪先生並未持續看熱鬧，過了會兒就回頭繼續捕蝦，是故不確定小琦有沒有把阿正推出橋外；但從洪先生的證詞推論，這樣的可能性很大。

她認為小琦的確就是兇手。從當時讀者寄到雜誌社的回函來看，絕大多數讀者也這麼認為。

因為除了洪先生的證詞之外，在情節的發展當中，警方又找出了一些證據，而這些證據，都指出小琦行兇的可能。

大橋欄干的高度大約一百二十公分，阿正所穿的褲子胯下沾有來自大橋欄干的塵土；如果小琦拉起阿正，將阿正推出欄干，那麼褲子的確可能擦過欄干，留下這個跡證。

小琦的體能很好，阿正的體重略輕，小琦的確有能力把阿正推出欄干。況且，在爭吵時的盛怒當中，小琦拉住阿正衣領之後的動作，可能不只是推，而是將阿正拋出橋外。

阿正墜落的位置，與橋墩的水平距離約有兩公尺，支持這個拋人的假設。

警方的後續調查當中，還從兩人的共同友人口中，獲知兩人那段時間的關係十分緊繃，幾乎已經到了分手邊緣；主要的原因是阿正抱怨小琦太常與朋友廝混，懷疑小琦另有新歡，而小琦則認為自己的個性原就如此，不希望阿正太過干涉，也覺得一直與阿正待在家裡聽音樂實在無聊。

從小唯的證詞顯示，阿正約小琦到大橋的時候，並沒有打算一起看夜景的輕鬆神情，是故警方推測，阿正把小琦約出來，就是打算談判分手。不料談判破局，阿正反倒替自己惹來殺身之禍。

這樣的推測合情合理，唯一的缺點是有點太過簡單。從目前網路上的討論來看，讀者們也有類似的感覺；有讀者譏誚說國內作者一向寫不出複雜的推理謎團，但也有讀者認為，這個故事本來就不是側重詭計的推理故事，這部分如此處理並無不妥。

她的想法與後者類似，所以決定朝這個方向擬後續大綱。從作者原來創作的內容看來，阿欽對小琦很有好感，同學們似乎也都知道，所以細心的阿正可能也看得出來或有耳聞；情節裡頭沒提到小琦和阿欽有沒有單獨出遊，但至少小琦並不迴避有阿欽在場的朋友聚會，所以這會是讓阿正吃醋的癥結。

假設阿正因為這事與小琦爭吵，那麼喜歡熱鬧的小琦就會覺得阿正對自己太過干涉，不夠尊重；假設阿正如小琦所言，在生氣時會有激動的表現，而小琦不願退讓、正面衝突，那麼就有可能出現洪先生目擊的追打、推拉，以及將阿正推或拋出橋外的動作。

小琦或許並不想要真的殺掉阿正——從〈沒有你我無法微笑〉先前的情節看來，兩人其實是真心相戀的愛侶——但小琦的確是殺掉阿正的凶手。待警方將手頭證據一一查清、在小琦面前列舉說明，小琦就會崩潰承認，讓故事在遺憾和悔恨裡結束。

她擬妥大綱，寄給出版社，同時在電子郵件裡講了自己的想法，待出版社確認之後就會開始續寫作業。

發信後不久，她就收到回覆。原以為回覆內容是出版社爽快地同意了她的大綱，沒想到是負責與她聯繫的編輯轉寄的另一封讀者來函。

「請先不要開始續寫，」編輯在信中寫道，「這封來函有點意思，妳先想想。」

她移動滑鼠，信件往下捲動，她發現讀者來函只有一行：

「先前連載已有明顯伏筆。小琦絕對不是凶手。」

「之前也有些讀者認為小琦不是凶手；」她打電話給編輯，「不過我覺得不大合理。從原先的連載內容看來，怎麼樣都是小琦做的啊。」

「重點是這個讀者說有『明顯伏筆』，」編輯說，「讓我很好奇。」

「我看到的『明顯伏筆』都指向小琦啦；」她笑了，「我是說，認為小琦不是凶手的讀者是少數，我們總不可能滿足所有讀者的期望。他們覺得小琦不是凶手的原因只是不希望看到好好的一對情侶落得如此下場，這是感情因素，應該也是作者刻意要營造的閱讀感受。我認為小琦推說是阿正自己跳出大橋，只是因為誤殺男友之後心裡很慌，等到警方調查清楚，應該就會後悔和內疚地認罪。」

「妳的大綱安排的結局有很強的張力，這部分的確很棒；」編輯回答，「我比較在意的，其實是這個讀者似乎真的讀出什麼有力的證據，不只是情感因素而已。換個角度看，如果我們真的遺漏了什麼重點，那麼續寫的就不是作者原初預計發展的內容，有點可惜。」

「不管怎麼續寫，」她在電話這頭苦笑，「都不是作者寫的內容了啦。」

「我不是這個意思，」編輯也笑了，「我只是想盡量貼近作者的安排。再說，也有讀者酸溜溜地說這樣的發展太簡單了；如果我們可以想出更峰迴路轉的情節，也更接近原作者的計畫，那不是兩全其美嗎？」

「那妳覺得應該怎麼做？」她問。

「我給妳一個公司的郵件帳號，妳用出版社編輯的名義發信給這個讀者，」編輯建議，「問清楚那些『明顯伏筆』是什麼，做個參考如何？」

「如果得到的答案很爛呢？」她輕輕嘆了口氣。

「那就照妳原來的大綱進行吧。」

「阿鬼，你好：」她一邊打字一邊覺得這個讀者的暱稱很好笑，「謝謝你關於〈沒有你我無法微笑〉後續情節的來信。身為編輯，我個人一直把小琪視為凶手，大多數讀者也持相同看法，收到你的來信，覺得很意外，所以冒昧回信給你，想聽聽你的意見。不知你信中提到的『明顯伏筆』指的是什麼？」

「作者的遺稿說小琪是凶手？」阿鬼的回信很快，也很短。

「請恕我無法告知真正內容，」她鍵入回信，心想根本沒有所謂的真正內容嘛，「請靜待連載開始。」

「如果小琪是凶手，那一定不是遺稿，而是找人代寫。」阿鬼回得直截了當。

她嚇了一跳，「你這麼有把握，肯定是讀到了其他讀者都沒發現的線索，我十分好奇。我也重讀了先前的連載，但看法與你不同，在還不知道作者的真正安排之前，你有沒有興趣先討論討論？」

「對一個讀者而言，能與編輯討論是很難得的經驗，我當然有興趣。」阿鬼這次的回信稍微慢了些，也寫得沒那麼簡短，「依我看來，阿正褲子上所沾染的大橋欄干塵土、屍體的位置、兩人那段時間常有爭吵的傳聞，以及阿正半夜約小琪談判分手這幾件事，都很明顯地指出小琪不是凶手。」

這倒有趣。阿鬼提到的幾件事，全是她以及多數網友用來認定小琪就是凶手的線索，但同樣的情節，阿鬼似乎有完全不同的解讀。「那麼你認為是誰殺了阿正？」她回信發問。

阿鬼答得理所當然，「阿正是自殺的。」

「你是說阿正自己跳出大橋尋死？」她覺得可能性不大。

「大橋欄干的高度大約一百二十公分，阿正不可能直接跳出去，但可以從駕駛座拉住欄干跨上去。塵土沾染的位置是這個推論最主要的重點。」阿鬼解釋，「小唯載小琦到大橋時，阿正的車逆向停在欄干旁，也就是說，駕駛座那一側會靠近欄干。文中沒有提到為什麼阿正要逆向停車，但提到大橋晚上沒什麼車流，所以我認為有可能是因為如此一來，副駕駛座的門就會在外側，比較方便讓小琦上車。」

阿鬼推測，小琦坐進副駕駛座、小唯離開之後，阿正和小琦在車中吵了起來。阿正在激烈的爭吵中打開車門，直接跨上欄干，形成跨坐在欄干上的姿勢，再將另一條腿也移到欄干外側，向外躍出。

「但為什麼不會是小琦推的？」她提出疑惑。

「跨坐這個動作一定要發生，」阿鬼強調，「因為這麼一來，阿正褲子的胯下才會與欄干接觸，沾上塵土。如果阿正是被小琦推的，那麼臀部或腿部的褲管可能會與欄干摩擦，但不會是胯下。」

「那……」她想了想，繼續打字，「如果阿正只是嚷嚷著要尋短、跨坐在欄干上，結果小琦伸手把他推下去，不是也符合這個證據嗎？」

「距離不對。」阿鬼回答。

阿正陳屍的位置，距離橋墩約兩公尺。阿鬼指出，如果阿正是被推落的，那麼會接近自然墜落，與橋墩的水平距離不會那麼遠；阿鬼進一步指出，根據統計，發生墜落的情況，落地點與起始點的水平位移，平均大約只有零點三公尺。由此看來，阿正是跳出去的。

她在螢幕前吐了吐舌頭，因為她根本沒去查這方面的數據。但話說回來，就算阿正與橋墩的距離較長，仍然有可能是被小琦提起衣領後拋出去的呀。

「這種可能性太小了。」阿鬼說明，「雖然我們知道阿正的體重略輕、小琦又是運動健將，但就算小琦的臂力再強，也很難將一個成年男子扔出橋外。除非小琦極為高大健壯、肌肉爆發力驚人，阿正又極瘦小，才有可能發生這種情況。」

「我記得曾經讀過什麼媽媽為了救小孩結果奇蹟似地把車子抬起來的報導哩。」

她想起自己不知在哪裡讀過這類文章。

「那些奇聞我也讀過，不過狀況不一樣。那種情況大多是腎上腺素大量分泌造成的結果，不過所謂的『抬起車子』，並不是將整部車子舉起來，而是拉起其中一端，這只需要瞬間的爆發力；」阿鬼回覆，「小琦除了抓提之外，還得有拋擲的動作，才能把阿正扔出一百二十公分高的欄干外；不管小琦有多氣憤、分泌了多少腎上腺素，都沒法子辦得到。」

她想像了一下，認為阿鬼講得有理。

「況且，」阿鬼的信末提醒，「如果阿正是被拋出去的，胯下也不會沾到欄干上的塵土。」

「好吧，這部分我暫時想不到更好的解釋；」她回信給阿鬼，「但別忘了，阿正父母提告，以及讓警方朝謀殺方向偵辦的關鍵，是目擊證人洪先生的證詞。」

「洪先生的證詞是假的。」阿鬼答覆得很輕鬆。

「這樣不行啦；」她邊打字邊翻白眼，「根據現有的情節看起來，洪先生完全是個局外人，就算後來補充說他和當事人之間有什麼恩怨、所以他才撒謊陷害小琦，讀者也很難被說服。」

「洪先生的確和當事人沒什麼關係，推翻自己早先證詞的原因，和什麼良心譴責也沒有關係。」阿鬼寫道，「我認為洪先生說謊，是因為接受了賄賂，刻意要讓小琦入獄。」

「證詞造假是犯法的，而且還是謀殺的指控，有什麼誘因可以讓洪先生說這麼嚴重的謊？」她不接受阿鬼的說法，「再說，我也看不出有哪個角色這麼憎恨小琦。」

「仔細看看，」阿鬼的回信透著一種耐心說服的語調，「洪先生後來的證詞，其實是很巧妙的。」

她找出原稿當中的相關情節，來回讀了幾遍，發現了阿鬼所說的「巧妙」。

洪先生的新證詞指稱看見小琦在橋面追打阿正，以及小琦在欄干旁數次拉起阿正衣領，但沒看到小琦是否推落阿正。也就是說，這份證詞會讓人懷疑小琦、開啟調查，卻沒有直接指出小琦行凶。

「我明白你的意思了；」她發信給阿鬼，「嚴格說起來，洪先生沒有做出小琦『謀殺』的指控，只是說出兩人扭打的情況。這樣的說法對小琦不利，但在沒有其他目擊證人的情況下，沒有辦法判定真偽，只要因此開始調查，後續結果究竟如何，洪先生都沒有什麼責任。」

「這可能是洪先生答應作假時的算計，認為自己沒有什麼損失；」阿鬼寫道，「但事實上，從連載內容裡頭，已經可以看出洪先生的證詞是謊言。」

「願聞其詳。」

「作者提過，事發當晚沒有月亮，橋上很暗；小琦坐進阿正的車之後，阿正熄火關燈，小唯也把車開走了，所以橋上應該沒有足夠的照明光源。」阿鬼回覆，「洪先生捕蝦的地點是距離大橋五、六十公尺的河床，我不認為他有辦法看清楚大橋上的情況。追打這種大動作或許看得出來，但連抓領口這種動作都看得清楚就說不大通了；況且小琦和阿正的身高差不多，洪先生在那段距離外能否分辨兩人，也是個問題。」

她明白了，「所以如果警方調出當晚的天候紀錄，並且到橋上去實地重演，就可以破解洪先生的證詞。」

「不僅如此，實地重演的時間必須是半夜，這很重要；」阿鬼寫道，「白天的視線範圍和晚上差異很大。」

「但話說回來，」她問，「你認為是誰要陷害小琦？」

「當然是小唯。」阿鬼道。

阿鬼認為，小唯家境富裕，也喜歡阿正，對小琦本來就可能有所妒恨；阿正和小琦在一起的時候墜橋身亡，小唯極有可能遷怒小琦，無論小琦是否行凶，都要讓小琦為阿正的死亡負責，而賄賂目擊證人，是最直接有效的手段。

「想想看，阿正並不是不瞭解小琦的個性，也知道小琦喜歡和一群朋友出去玩，這是兩人交往時就已經明白的事實；」阿鬼反問，「那為什麼在交往之後，阿正對這樣的情況愈來愈在意？」

「阿正是個醋罈子，」她猜測，「或許他認為既然開始交往了，小琦就應該多花點時間陪他，而不是還像從前那樣常找朋友出遊？」

「沒錯，不過我覺得如果有人常常把小琦和朋友玩鬧的經過告訴阿正，就會加深阿正的醋意；」阿鬼道，「更何況朋友裡頭還有個對小琦一直有好感的阿欽，如果有人常常對阿正提起小琦和阿欽的互動情況，阿正的嫉妒與憤怒就會愈積愈多。」

「所以你認為小唯常常私下和阿正聯絡，」她聽出阿鬼的言外之意，「把小琦和阿欽的相處狀況加油添醋地告訴阿正？」

「有沒有加油添醋倒不確定，至少在先前的連載裡讀不到相關訊息；」阿鬼就事論事，「但先前的連載中，的確透露了小唯與阿正聯絡的可能。」

「有嗎？」她大感驚訝。

「阿正打電話約小琦時，是直接打到熱炒店去的；」阿鬼做出提示，「阿正怎麼知道小琦和朋友在哪裡吃宵夜？」

「作者沒寫……」她想了想，「所以可能是小琦事先同阿正講過了。」

「或者作者寫了；」阿鬼道，「如果聚會地點是臨時決定的、小琦沒法子先告訴阿正，那麼在那場聚會裡，還有誰可以讓阿正知道他們正在熱炒店拚酒？」

的確是小唯。

她想起作者在描寫那場聚會時，曾經提過小唯離席去講手機。本來她以為作者安排這個橋段，只是要凸顯小唯的家境優渥，但假若依照阿鬼的推測，這個橋段就還有另一層意義——小唯把小琦和阿欽比拚酒量的開心場景，利用手機向阿正實況轉播。

阿正打電話到熱炒店約小琦，發生在小唯講完手機回座之後，以時間順序來看是說得通的；不過把小唯變成一個隱在幕後耍弄陰謀的角色，會不會太過度解讀了點？

她把這層顧慮告訴阿鬼，阿鬼丟回來另一個問題，「再想一想：小唯在幫車胎打氣之後，為什麼還要回到大橋？」

唔？她在螢幕前頭皺起眉心。

小唯送小琦到大橋的途中，小琦說阿正找自己賞月看夜景，就算小唯發現當晚根本沒有明月可賞、小琦可能在胡扯，也不該在離開車行之後再度返回大橋。大橋上是阿正和小琦這對情侶的共處時光，不管兩人是要依偎賞景還是拌嘴吵架，都與旁人無關，小唯再怎麼嫉妒，都不該理直氣壯地回去當電燈泡才對。

她的確沒留意這個不合理的舉動。

電腦螢幕閃動，阿鬼的下一封信來了。

「小唯詢問小琦與阿正之間是否有什麼不愉快，小琦說阿正約自己看夜景，是要強調兩人的關係沒有什麼問題，但作者的寫法，也暗示了小琦的這番話，並不是阿正約她去大橋的真相。會讓小琦匆匆離開朋友聚會、趕赴大橋，一定是有比平常更麻煩的狀況得要處理。」阿鬼寫道，「依我推測，阿正打電話到熱炒店找小琦，就是要和小琦談判分手，小琦發現事態嚴重，所以決定中斷聚會，先去找阿正。在小唯的車上，小琦不想讓小唯知道這件事，是故另外講了一個藉口；問題是，小唯根本就對實情一清二楚。」

因為小唯就是撩撥阿正妒意的人。因為小唯就是在阿正面前強調阿欽一直戀慕小琦的人。因為小唯就是引發阿正與小琦爭吵的人。因為小唯就是讓阿正決定與小琦分手的人。

「小唯之所以重新回到大橋，就是想要看看兩人談判的結果如何。如果小琦和阿正當真分手了，小唯就可以藉機安慰阿正、拉近自己與阿正的距離，甚至直接順理成章地成為阿正的新女友；如果看起來兩人沒有分手，那麼直接把車駛離現場就好了。」阿鬼下了結論。

「阿正，我是小唯；」小唯站在熱炒店外，保持一個可以低聲講話、但仍聽得見同桌友人喧鬧的距離，確保歡快的笑鬧聲，也會傳進行動電話另一頭的阿正耳裡，「我們在熱炒店吃宵夜，你要不要過來？」

「小琦同我說過妳們有聚餐，」阿正笑笑，但聲音有點落寞，「不過妳知道我不大喜歡熱鬧的場合。」

「好可惜；」小唯道，「小琦應該把你拉過來才對。」

「她知道我的個性啦，」阿正回答，「我每次都推託，後來她都乾脆不找我了。」

「這樣啊，我還以為……」小唯欲言又止。

「怎麼了？」阿正的聲音多了點警覺。

「讚！」小琦與阿欽拚酒結束的聲音傳來，阿正也聽見了，「剛那是小琦的聲音嗎？」

「是，嗯，她和阿欽在喝酒。」

「阿欽也在？」阿正聽起來有點悶。

「嗯，我本來以為小琦是因為這樣才沒找你。」小唯道。

「哈，」阿正苦苦地笑了一聲，沒說什麼。

「不用擔心啦，」小唯安慰阿正，「阿欽追小琦很久了，我會幫你留意的。」

「謝謝。」阿正嘆了口氣，「其實我也在認真考慮，該和小琦好好談談。」

「你們是該好好談談，因為啊……」小唯頓了一下，沒把話說完，「他們在叫我，我先回去，有空再聊。」

和小唯講完電話，阿正覺得心情十分煩躁。

這個晚上本來希望和小琦一起甜甜蜜蜜地聽音樂，結果小琦選擇和朋友出去大吃大鬧，阿正心裡本來就不大舒服，現在接到這通電話，心情更差了，連木匠兄妹的歌聲聽起來都失去了原有的魅力。

小唯沒說完的話是什麼呢？為什麼小唯也認為該好好談談？是因為小琦對阿欽的態度也不大一樣了嗎？阿欽鍥而不捨的追求，終於打動小琦了嗎？

阿正站起身來，翻翻電話簿，找到熱炒店的電話，打電話找小琦。

好好談談吧，不能讓這樣的狀態持續下去。

掛上電話，拿起車鑰匙，阿正按停唱機，木匠兄妹的〈沒有你我無法微笑〉戛然而止。

沒有我的時候，小琦笑得比較開心啊；阿正心想。

她一晚沒睡，徹夜擬妥新的大綱，還先寫了一些段落。

阿正與小琦在橋上談判，小琦抱怨阿正不肯接受自己的朋友，阿正責怪小琦沒有把自己當成生活的重心，小琦說兩人應該一起努力相互包容，阿正說自己不在的話小琦分明會過得更開心，小琦氣憤地指責阿正胡亂吃醋一點男子漢的氣度都沒有，阿正冷哼一聲，打開車門，伸腿一跨，坐上大橋欄干。

小琦還沒搞清楚怎麼回事，阿正已經朝橋外跳去。

「新的大綱很棒，」下午她被電話吵醒，電話彼端那人的語氣興奮，「妳寫的段落讀起來完全就像作者原來的筆法，故事發展也完全符合先前預埋的安排，太厲害了。」

「唔，喔，」她剛睡醒不久，遲了會兒才聽出打電話來的人是出版社編輯，「收到我的信啦？」

「是啊，全公司都覺得這本書會大賣；」編輯道，「妳把那些線索完全翻轉過來，讀者一定也會覺得很驚喜。」

「那大部分不是我的功勞，是那個阿鬼的提點，」她據實以告，「我做的只是加了一些阿欽和朋友們的戲分。」

她另擬的大綱中，小琦的朋友們雖然之前從小唯口中聽過一些小琦與阿正爭執的傳聞，但都不相信小琦會行凶殺人。

尤其是阿欽，他對警方提出的各項證據都存有疑問，更邀集朋友們一起重建現場，包括在夜裡量測視距，模擬從橋上把重物推落或拋擲的可能。

阿欽的堅持讓警方重新審視證據，進行更深入的調查，發現阿正出門前往大橋之前，曾在家裡接過一通電話，並且查出那通電話是從小唯的小海豚打出來的。

在警方的訊問之下，小唯終於坦承自己以金錢賄賂洪先生假造證詞，企圖讓小琦背上殺害愛人的罪名。

審訊結束之後，阿欽單獨約小琦吃飯。小琦赴約，對阿欽表達謝意，但表示暫時不會再交男友。

阿欽爽朗地表示，幫小琦查明真相的動機，並不是想要趁虛而入，但他有個禮物想要送給小琦。

「這本來是一年前要送妳的，就在畢業前那次跨校聯誼之後；」阿欽微笑著聳聳肩，「不過還沒送，妳就被阿正追走了，所以一直留到現在。拆開看看。」

小琦狐疑地接過阿欽遞過來的小盒子，拆開樸實的牛皮紙包裝，發現裡頭是一捲錄音帶。

「這是我自己轉錄的曲子，全是我喜歡的歌。」阿欽道，「不是什麼貴重的東西，但希望妳會喜歡。」

錄音帶封面也是牛皮紙裁出來的，端端正正地寫著「送給小琦的歌」；小琦翻到背面，發現第一首曲目，就是〈沒有你我無法微笑〉。

小琦哭了出來。

「我好喜歡這個結局；」編輯對她說，「這部作品不能把妳的名字放上去，真是太可惜了。」

「這部作品的好，百分之九十以上要歸功給原作者，再加上阿鬼；」她道，「不過和阿鬼的討論讓我學到很多，發現許多設定情節的巧妙手法，原作者同時兼顧文字美感和易讀節奏的筆法，也是很好的範例。我想，我應該開始試著寫小說了，這樣才會真的有一部用我名字發表的作品。」

「我很期待哦，」編輯笑著，「到時一定要找我幫忙。」

掛上電話，她在電腦前坐下。

忙著擬大綱的時候，她的確想到一些有趣的小說題材，暫先胡亂記在一個文件檔案裡。她打開電腦，心忖是要先開始續寫的工作？還是先看看自己記下的那些題材，挑一個出來繼續發展？

然後，她記起一件事。

如果要寫自己的小說，她還想要找阿鬼討論；不過她該用哪個身分和阿鬼聯絡呢？照理說她不該再用出版社編輯的名義寫信給阿鬼，但如果貿然用自己的郵件帳號發信，對阿鬼說要討論小說創作，阿鬼應該會覺得莫名其妙吧？

她皺著眉盯著螢幕，忽然想到：阿鬼究竟是誰啊？

英雄們

03

我們可以成爲英雄，即使只有一天

〈Heroes〉
by David Bowie

Heroes

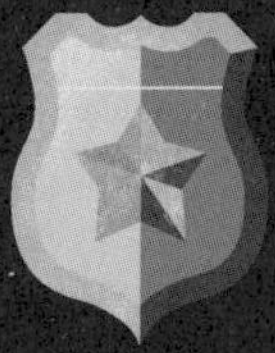

「早知道就應該先退休，」坐在床沿的父親用手把剛動過手術的右腿抬上床墊，再挪動身體躺妥，「現在得再等三年、滿五十五歲了才能領月退俸，我這狀況不知道能不能撐到那個時候。」

「申請轉成內勤吧。」他幫父親把床架的高度調平。

「先別動，一躺平了我就會睡著；」父親阻止他，「不能好好活動最無聊了，我才不要坐辦公桌咧。現在到局裡申訴的民眾一個比一個可怕，要應付他們，還不如到街上追流氓。」

腿都動過手術了還想追流氓？他在心裡反駁，沒說出口。

與父親的關係在父親住院後改善許多，他不想因一時口快破壞。

他與父親雖然沒有一見面就相互開罵的針鋒相對，但也從來沒有彼此交心的無話不談；在兩人同住的家中，父子關係一如警察體制中的上下階級，父親是上級，他是下屬，父親說什麼，他只能點頭稱是，沒有提出異議的權利，更沒有反抗的可能。

其實他並不討厭父親。

母親生他的時候出了意外，經過搶救，他有驚無險地誕生，但母親沒能留下。長大之後，他從一些故事裡讀到，有的父親會將喪妻的原因歸咎在孩子身上，暗暗感謝父親並沒有這麼不講理。

但有時他也會自問：如果當時醫生成功地拯救母親、沒把他接到這個世界，是不是一個比較好的狀況？

畢竟他也在一些故事裡讀到，有的父親會因為這類原因，對孩子抱持過多的期待，甚或近乎偏執地想要把孩子形塑成自己想像的模樣。

父親雖然還不至於左右他的選擇，但很明顯對他選讀文學系所十分不以為然。

警察原來年滿五十歲就符合公務人員當中「危險勞力」的規定，可以申請退休、領月退俸，但幾年前法令修訂之後，危險勞力的年齡上修為五十五歲，另外給了五年緩衝期，所以父親有好幾個在緩衝期內滿五十歲的警員同僚，一過完五十大壽就趕著申請退休。

不過父親沒有這麼做。

「我的體能狀況還很好，可以多工作幾年；」那時父親告訴他，「況且，我也不希望你得早早面對經濟問題——你讀這個，我根本不知道你畢業後能找什麼工作。」

坐在病床邊，記起父親說過的話，他仍然不知該感激還是氣憤，倒是想起：或許父親不肯退休的原因，只是因為喜歡在街上追流氓？

話說回來，五十二歲的父親身體狀況確實仍然很好，每天晨起照例要做伏地挺身和仰臥起坐，然後出門跑步，晚上喝了酒還喜歡找他比腕力；如果他輸了，就會被父親叨唸，說他看不起老頭子、不肯全力以赴。

他當然可以在比腕力時勝過父親。但他不想這麼做。不是因為看不起老頭子，也不是因為他對父親的敬意，而是因為他完全不想發揮自己天生強健的肌肉能力與運動神經。

他的動態視覺很好，反應極佳，加上體能優異，任何運動幾乎都能一學就上手。父親總愛誇耀說這是良好的遺傳，事實也是如此，但讓他傷腦筋的是——他對運動根本沒有什麼興趣。

因為長得人高馬大，所以從小學到高中，班上要參加任何運動賽事，同學們都理所當然地推派他進場；事關班級榮譽，他自然也不敢虛應故事，只是每回替班上拿到獎項，下回就更沒理由推辭，時日一久，連校際比賽和校隊同學都會找上門來。

等年紀再大一點兒，不想鍛煉的體能就會自動下降，屆時應該就不會再有這類麻煩了吧？他心裡這麼想，考進大學之後，對於各類校內競賽的邀約也能避則避；不過這種情況沒能持續太久，升上大二之後，他開始每天到健身房報到。

父親以為他終於想通了，卻不知道他會開始健身，是因為談戀愛了。

他沒有把真相告訴父親。雖然說清楚或許可以讓父親不要誤會，但他不確定該如何開口。

事實上，何止這件事不知如何開口？他到醫院看顧父親，固然讓父子倆的關係像卡住很多年後終於清潔上油的舊鐘齒輪一樣，重新開始轉動，但就算舊鐘多年沒走、時間也沒因此停過，這麼久的生疏，不會產生什麼共同話題。

「嘿，」父親忽然發聲，他轉頭一看，發現有個人站在病房門口。

「你怎麼有空來？」父親一面向那人打招呼，一面對他道，「叫人呀，認得吧？」

他站起身來點頭致意，「翔叔。」

翔叔是父親的同僚，小父親幾歲，已經和父親一起執勤二十幾年，他從小就認識，只是近年已經很少見面。

「小傢伙長得很壯啊，哈哈；」翔叔拍拍他的肩膀，「和你爸當年差不多，從前那些流氓一看見他就嚇得什麼都招了。」

「哦？」他眨眨眼。他從沒聽父親講過工作的事。

「你爸沒對你說過？」翔叔觀察他的表情。

他搖搖頭。父親成天忙碌值勤，一起生活的父子兩人見面的時間其實不多；考進大學文學系所時，父親很不開心，彼此之間的對話更少。

「很精采咧，」翔叔哈哈笑著，「我告訴你幾個最厲害的。」

「別多嘴，」父親擺擺手，「年輕人才不想聽我們講這些。」

「我想聽。」他急急否認。

父親看看他，有點驚訝，然後笑了。

因為他聽得專心，所以父親和翔叔愈講愈起勁，當晚翔叔告辭離去之後，父親還覺得欲罷不能。接下來幾天，父親告訴他好幾宗自己參與過的重大刑案偵緝過程。

他的專心並不是裝出來取悅父親的。父親口中那些分析線索、四處問話、與罪犯周旋、設法在各路勢力傾軋情境中破案的經歷，比他嗜讀的推理小說還要刺激精采。有時聽到一半，他會插嘴問幾個問題，每每都能引出更有意思的內幕，讓他感覺自己彷彿是個找到極佳訪談對象的記者，正在挖掘某些不為人知的神奇故事。

不如把這些東西寫下來？他生出這個念頭，詢問父親的意見；父親想了想，「你寫了會發表吧？還是別寫的好；如果被事件的關係人看到，不知會惹出什麼爭議。」

寫了當然要發表呀，況且現在發表管道這麼多，自己藏著多沒意思？「那如果把事件和人名改掉呢？」他問。

「那就好一點，這樣吧：」父親道，「我接下來說的辦案經驗，都不會用真實的人名，內容讓你當成創作題材沒問題，不過你得發揮創意加點料，不能直接照寫，如何？你成天寫東寫西、又常參加什麼文學獎比賽，這要求應該沒什麼問題吧？」

他覺得有點感動。

一直以來，他都認為父親對他的創作毫不關心，甚至可能不知道他已經獲得好幾次文學獎的肯定，聽父親這麼隨意地提起，他才發現父親持續關注著他。

他開始在部落格寫下父親的故事。

部落格是幾年前註冊的，原來是想用來發表自己的創作，也的確認真地寫了一陣子；只是幾個月後，他就發現：要寫小說嘛，沒什麼材料；要寫散文嘛，自己的生活日常也實在沒什麼好寫的。反正到部落格來讀作品的網友屈指可數，他於是放任部落格逐日荒廢。現在打算重新寫東西，他差點想不起登入密碼。

或許因為父親提供了有意思的題材，或許因為他在貼文之後會擷取有趣的段落轉到臉書、順便附上文章網址，所以雜草蔓生的部落格開始有了人氣；每回看到文章內嵌的臉書按讚數量，他都會生出小小的虛榮。

但同時也會感到小小的羞赧。

父子倆明明一起生活，但他年紀漸長之後，幾乎沒有主動關心過父親的工作狀況，現在聽父親談起，他才驚覺自己這些年來的漠然。

他把這系列以警察為緝凶主角的作品，命名為《英雄們》。

在家裡向來寡言的父親，住院這幾天倒是滔滔不絕、妙語如珠；他一度懷疑：難道腿部手術觸動了某種隱藏的開關，就此打開父親的話匣子，讓父親從一個沉默警員變成脫口秀主持人？但他接著轉念一想：從父親的故事裡可以想見，在執勤查案時，父親本來就得和三教九流各種不同階層的人打交道，在家裡的話少，只是因為父親不知道要和他說什麼。

父親前陣子出勤時被利器劃傷大腿，當時以為只是皮肉傷，簡單地上藥包紮，沒看醫生；患處開始紅腫發燙，慢慢擴大，父親仍然逞強硬撐。等到開始發燒，父親才遵照長官的命令就診，醫生發現那個皮肉傷已經變成蜂窩性組織炎，必須動手術清創引流，還要住院一段時間。

「當警察這種大大小小的傷不知道遇過多少次了，哪知道會這麼嚴重？」父親對他說，「不能正常活動悶死啦，幸好有機會和你聊聊天。你成天待在醫院，不會太無聊吧？」

手術之後，父親行動不便，有人在旁照料會比較好；時值暑假，他反正也閒著，既能聽到有趣的創作題材，又能和父親重建關係，他一點兒都不覺得無聊。

「辦過那麼多案子，有沒有哪一宗是一直沒破案、讓你覺得很遺憾的？」他問。

「沒破案的其實不止一宗。」父親清清喉嚨，「我只是個警察，不是神探，加上從前相關的偵辦技術和鑑識科學還不普遍，證據分析的速度比較慢，局裡人手不夠、大大小小的新案子一直出現，有時辦到一半就得擱下，沒辦法。」

「那有逮到人了但仍然無法破案的嗎？」他又問。

「有一樁逮到人也宣布破案、但我一直認為還沒解決的。」

「破案了但沒解決？為什麼？」

「沒找到被害人的屍體。」

深夜，父親已經睡了。他坐在病房裡，打開筆記型電腦，把父親今天說的故事加油添醋寫成小說；靜靜打字的時候，手機開始震動。

他看看手機螢幕，彎起一抹笑，起身走到病房外接電話。

「你還好嗎？伯父還好嗎？」男友關心的聲音從手機裡傳來。

男友是小他一屆的工學院學弟，熱愛運動，常常對海報裡運動員精實的肌肉線條讚嘆不已，所以交往之後，他決定持續進健身房報到——那些運動員算什麼？讓你瞧瞧真正有腦的猛男是什麼樣子啦！

「我很好，我爸手術後的狀況也不錯，只是常會嘮叨說不能好好走路很不方便，」他笑著回答，「你呢？」

「整個學期都沒回家，我媽碎唸到我耳朵都快長繭啦；」男友也笑了，「不過鄉下實在很無聊，真想早點回學校。」

「是想回學校？還是想我？」他逗男友。

「不要明知故問。」男友聲調沒有任何嬌嗔的意味，但聽起來很甜。

父親口中那宗「逮到人但仍然沒能解決」的案子，發生在他出生之前，過程頗為曲折；他連寫三天，情節已經進入警方抓到凶嫌，卻因凶嫌供述的埋屍地點一變再變、以致一直找不到屍體的橋段。

《英雄們》成為他開始寫部落格後瀏覽率最高的文章，每回在臉書上分享段落，也會有不少網友按讚或者留言。他開始思考：最後的結局該如實寫出「仍未找到屍體」嗎？這樣網友讀了會不會覺得很不滿意？或者該設計一個會讓人拍案叫絕的收尾？但這得怎麼設計才好？

他一面思考，一面檢查部落格裡的按讚數字，瞥見一則私密留言——這樣的留言不會在部落格頁面上出現，得像他這樣進入上稿後臺才會看到。

留言這人先說明自己是看到臉書上的分享，才找到部落格來的，因為想要同他討論情節，所以選擇私密留言的方式與他聯繫。

這人留言使用的暱稱，叫作「阿鬼」。

阿鬼提到，在他最近的幾篇文章裡，有個奇怪的問題。

被警方循線逮捕的凶嫌綽號大河，學歷不高、不務正業，二十幾歲時就已經是地方上有名的角頭，吸收了一幫未成年中輟生當小弟，進行討債工作。

大河被控涉及至少兩起案件，一是女保險業務員遭強盜分屍，另一則是國小學童遭綁架勒贖。兩起案件發生在不同縣市，相隔大約一個月，父親當年參與的是小學生綁架案，偵訊大河時也以這樁案件為主。

被綁架的國小學童名叫小路。案發當日是十二月底，接近耶誕節的前幾天，小路放學後到補習班上課；按照往例，補習班下課之後，小路會在附近等待家人，但那天晚上家人抵達補習班的時候，沒有看到小路的蹤影。約莫一個小時之後，小路的家人接到勒索電話，綁匪要求以一百萬元贖回小路；小路的家人籌足款項、依約在高速公路南下某路段交款，但小路並未被釋回。

新年度開始不久，警方接獲密報，先逮到幾名共犯，在偵訊過程中，這幾名犯人表示小路已遭殺害，並且供出大河才是案件主謀。

大河因此落網。該年十月，警方宣布破案。

但是小路的屍體一直沒有找到。

「我們和檢察官當然都訊問過大河，」父親告訴他，「但一直沒有結果。」

「因為大河不願意合作，所以沒說？」他猜測。

「不，大河表現得十分合作，每回訊問，我們都會得到藏屍的地點；」父親哼了一聲，「問題是大河告訴我們的地點，每回都不一樣。」

「每回都不一樣？」他睜大眼睛。

「對。每回我們出動去大河供述的地點找屍體，忙了半天，累得要死，卻總是什麼也沒找到。」父親忿忿不平地道，「等到我們再度提詢大河，他又會說出另一個地點，整個過程就得再重來一遍。警務工作有一大半是做白工，所以我覺得不爽的並不是做白工，而是在大多數的案子裡，多做幾次白工，總有一次是會讓案情出現進展的，但大河前前後後講了接近十個版本，卻沒半個是正確的。他根本就是故意在整我們。」

「您的作品裡頭，就是這個部分讓我覺得有問題。」阿鬼的留言指出，「就故事的脈絡看起來，無論有沒有找到屍體，大河的罪責都不會減輕；相反的，倘若他表現得合作一些，反倒對於減輕量刑會有點幫助。您為什麼會這麼安排情節？我十分好奇，也做了一些自己的推測；如果您願意回覆留言的話，我很想討論一下後續情節。」

第一次收到所謂的讀者回應，而且寫得十分認真，讓他一時不知該如何反應才好。

按照父親的說法，大河應該是自知死罪難逃，乾脆胡謅一通，把警方當猴子耍，就算被關在拘留所裡，但只要想到警察在外頭依著自己亂講的地點東翻西找，就會覺得很樂。

或許他該寫得更清楚點，再回覆阿鬼的留言。

只是他不想討論後續。因為他根本還沒想好。

「我讀過今天上午更新的內容了。」阿鬼的第二則私密留言在中午過後出現，「這篇描述大河的心理狀態很沒說服力。」

因為阿鬼的第一則留言提到大河始終沒有供出正確埋屍地點一事十分古怪，所以他昨晚整理了父親對這個狀況的看法，在《英雄們》當中插入一段刑警與記者的對話，把阿鬼的疑惑變成記者的提問，把父親的看法變成刑警的回答。

在部落格更新《英雄們》的進度後，他已經睏了，決定關機睡覺，等睡醒再找空檔回覆阿鬼的留言。沒想到隔日陪父親吃過午飯、趁父親小憩時打開電腦，他發現阿鬼已經來了新留言。

而且留言的語氣不大客氣。

阿鬼應該讀得出來，這篇最近的更新，就是試圖回應阿鬼留言裡提出的問題，只是阿鬼很明顯無法認同刑警的說法。

但就算如此，也沒必要這麼講得這麼衝嘛。

阿鬼說自己是從臉書上看到他分享的段落、再連結到部落格的；他突然想到：所以，阿鬼可能是他的臉書好友之一。

他自認交友謹慎，尤其是在網路上頭，所以沒有開放臉書的追蹤功能，好友數量也不多——他原來是這麼想的，是故從手機的臉書應用程式點選「朋友」、一路往下捲動、發現名單似乎沒有盡頭時，他嚇了一跳。他跳出名單、點選「編輯個人檔案」，訝異地發現自己居然有超過一百個好友。

自己究竟是什麼時候糊里糊塗地加了這麼多好友？

一百個臉書好友對某些人而言委實不算什麼，他認識的朋友中，好友數量比一百多一個零的比比皆是；但他重新檢視這一百多個好友，發覺其中超過一半的名字自己完全認不得，剩下自己認得的那些，有些是他大著膽子送出交友訊息的文壇前輩，雖然對方答允了交友邀請，但其實沒有往來。剩下那些他認得、真正有互動的臉書好友，大概只有二、三十個。

這一百多個名字裡，沒有任何一個叫作「阿鬼」。

倘若阿鬼是那五十幾個他認不得的好友之一，那他根本不會知道是哪一個；就算阿鬼是另外五十幾個他認得、甚至是平常有互動的二、三十個好友之一，那他也無法確定是哪一個。

再說，《英雄們》被按讚和分享的次數不少，說不定阿鬼根本不是他的好友，而是在其他人的臉書塗鴉牆上看到文章的；這樣的話，他永遠找不出阿鬼是誰。

算了。他在心裡嘆口氣，跳出手機的臉書應用程式，瞧見翔叔站在病房門口。

「年輕人成天盯著電腦，真搞不懂在忙些什麼；」翔叔哈哈笑著走進病房，把手上提的水果禮盒放上床頭櫃。

「人來就好，幹嘛帶這些？」父親不知什麼時候醒了。

「上次回家後，我老婆從我三十年前忘記她生日一路唸到現在探病沒帶水果，我被唸怕啦，不能不帶，求求你們收下吧；」翔叔裝模作樣地求情，然後掏出一張鈔票，「幫叔叔去樓下買三罐飲料，我要可樂，其他你自己挑。」

「別破費啦。」父親阻止。

「是我想喝，順便請你們喝嘛；」翔叔自己打開禮盒蓋子，拿出一顆蘋果。

「最好是啦。」父親笑了。

「當然是啦，不然回家我很難向老婆報帳，她最討厭我花錢買垃圾飲料了。」翔叔從口袋裡摸出一把瑞士刀，環顧四周，「有盤子嗎？」

他拿著飲料回到病房，翔叔已經坐在床邊的椅子上，和父親笑著聊天。

「謝啦，來，吃蘋果；」翔叔一手接過可樂，一手把擺著蘋果切片的盤子遞給他，「聽你爸說，你最近開始把我們從前辦過的案子改編成小說？想當作家呀？不錯哦！」

「遺傳到我的體格卻喜歡舞文弄墨，」父親搖搖頭，「講也講不聽。」

「誰說漢草好就不能當作家呀？不要死腦筋啦！」翔叔對他道，「別在意你爸碎碎唸，叔叔支持你。」

「你這混蛋愈來愈沒大沒小了，」父親雖然皺著眉，但控制不住笑意，「立正！叫學長！」

「學長，你這套留著去嚇菜鳥啦！」翔叔沒理父親，抬抬下巴示意他坐下，「你寫的時候如果需要補充資料，可以問我，免得你爸老糊塗、丟三落四沒講全。」

「我才大你三歲！」父親挽起袖子，「比腕力還能輕鬆幹掉你！」

「腕力強又不是腦筋好；」翔叔看看父親，「再說，我才不要欺負病人咧。」

「翔叔，」靜靜旁觀兩人笑鬧的他開口，「我的確有件事情想請教你。」

「大河？」翔叔不明所以地望向父親。

父親解釋，「就將近三十年前那樁小學生的綁票事件，逮到主嫌但一直沒找到肉票屍體的那個案子。為了避免不必要的麻煩，我沒講真實的名字。」

「喔喔，原來如此；」翔叔恍然大悟，「你想問為什麼那個……大河被抓之後，仍然不說出棄屍地點？」

「對……」他道，「我爸說那是因為大河故意要耍警察，但大河已經落網，坦白說出來對量刑什麼的不是比較有利嗎？」

「你應該知道，大河身上不止背著這一條罪名，還有另外一樁命案……」翔叔看著他，他點點頭，翔叔續道，「照當時的情況來看，他有沒有說出棄屍地點，都一樣死罪難逃。這樣的話，他當然不會想讓警察太輕鬆。反正他死定了啦。」

翔叔接著補充，小路是個聰明的孩子，不大可能被誘騙上車，而補習班就在市區，小路平常等待家人的地方並不偏僻，是故小路也不大可能是被暴力綁架上車的，否則容易引來路過行人的注意。

在綁票案的進行過程裡，交付贖金對綁匪而言，一向是最容易被警方攻破的環節，但在小路的案件中，綁匪也沒在此處露出任何破綻。

順利地綁架、順利地取款——警方因此認為，大河在綁架小路之前，已經做過完整周詳的計畫，顧及每個可能出紕漏的細節；如果不是被遭到逮捕的其他共犯出賣，大河很有可能至今仍然逍遙法外。

「明明計劃得那麼完美，結果還是被抓了，大河一定很不甘願，所以他才一直不說出棄屍地點。」翔叔下了結論，「大河很清楚，沒找到屍體，對家屬和警方而言，感覺就像還沒破案。」

「而且大河那時才二十幾歲，只比你現在大一點兒，又是個帶了不少小弟的角頭，」父親插話，「年輕氣盛，本來就會和警方對著幹。」

「說到年輕氣盛，」翔叔笑了，「我們當年也差不多就是那樣的年紀啊。」

「而且這在當時是宗大案子，報紙每天都在講，小路的爸爸又透過一大堆關係在關切進度，上頭盯得緊啊；」父親回憶，「高層每天都催我們給答案，我們只能去找大河問話，結果大河還一直提供錯誤地點，實在混蛋。」

「就是因為我們每天都又急又氣地去找大河，」翔叔接話，「所以大河看得出來，可以在這件事上惡搞我們。」

「那時的長官們真的很擅長施壓啊。」父親嘆了口氣。

想了半天，他還是決定回覆阿鬼的私密留言——雖然阿鬼的第二則留言不大客氣，但人家讀得這麼認真，他覺得不好意思視而不見。

大河心有不甘、年輕氣盛、意外落網後不想讓警方和家屬稱心如意，所以總是供出錯誤的藏屍地點——他把父親和翔叔的說法整理成一篇回覆，說明這是自己對大河的角色設定，並且表示將在後續劇情中找機會讓大河說出這些想法。阿鬼的留言裡附了電子信箱帳號，他把回覆寄了過去。

還沒登出電子信箱，阿鬼的回信已經來了；信裡只有兩個字：「不通。」

喂喂，這個阿鬼也太過分了吧！身為讀者，不但對作者說三道四，還大喇喇地質疑作者；他瞪著阿鬼的回信，心想：我這可是貨真價實的第一手資料耶！

還沒想好要怎麼回信、要不要回信，阿鬼又寄來了一封電子郵件。

「抱歉剛才回覆得太快，失禮了。」阿鬼的這封電子郵件用道歉開場，「不過我必須誠實地說：倘若在您的設定當中，大河這個角色真的是這樣想的，那麼這個設定會破壞整個故事。」

唔？他皺著眉，繼續往下讀。

「您在先前對案件的描述裡曾經提到，大河的教育程度不高，早早就出來混黑道，吸收的手下也都是中輟生，就我的閱讀感覺而言，我會認為大河並不是一個智慧型的罪犯，很難想像他們有能力做出警方口中近乎完美的綁架計畫。」阿鬼寫道，「當然，學歷低不代表不聰明，只是如果您想要塑造一個有能力耍弄警方的凶手，那麼就必須在先前的情節裡讓讀者感受到這一點。」

阿鬼接著一一列出幾段他先前寫過的相關情節，有的提到大河在討債時囂張的行事風格，有的提到警察之間談及大河時的相關評價，他一路讀下來，的確覺得大河不是什麼聰明絕頂的黑幫分子。

難道阿鬼是某個創作經驗豐富的文壇前輩，特地隱姓埋名來指點他？他心中一驚，快快回信，「請問阿鬼老師，如果我上一封信說的那些不是大河的想法，而是警方的揣測，原來的情節可以成立嗎？」

「我只是個普通讀者，請不要叫我老師。」過了會兒，阿鬼回信了，「如果警方這樣揣測，情節仍然不成立；但如果那些是警方對外的說法，那就成立。」

什麼意思？他不明白，發出疑問：「可否請你解釋得清楚一點？」

又等了一段時間，阿鬼的回覆出現，「從前面的情節來看，警方對於大河有沒有可能犯下這樁綁架案，其實是很清楚的。大河會被抓，主因是有人把他供出來，但從先前的故事來看，似乎沒有其他有力的證據可以連結到大河；也就是說，除了共犯的證詞之外，唯一讓讀者認為『大河就是主謀』的，只有『感覺』——因為大河是地方角頭，所以一定就是犯人。我們不知道共犯有沒有說謊、證詞是否可信，如果沒有別的證據，單憑證詞就要把大河定罪，就太薄弱了。」

阿鬼指出，警方既然認定凶手就是大河，在逮到大河、宣布破案之後，就算認為大河沒有能耐犯案，也可能會盡力讓大河真的成為凶手。大河每回都供出錯誤的藏屍地點，說不定不是想讓警方疲於奔命，而是完全不知道屍體到底在哪裡。

他覺得十分駭然，「你的意思是，警方明明知道大河不是真凶，卻仍然將錯就錯？這有可能發生嗎？」

「您應該知道，故事的構成，有幾個必要元素：前提、主題、角色、情節，以及場景。其中的『場景』，包括情節發生的時間與空間設定。」阿鬼的回信沒有正面回答問題，倒像在上創作課，「您之前刊出的情節當中，並沒有明確指出時空背景，不過我推測應該是在八〇年代末期，因為故事裡警方的辦案手法很接近現代，但沒有任何一個角色使用手機。假若您真的將故事場景設定在八〇年代末期的臺灣，這麼大的案子，當時警察的確有可能如此行事。我明白我的說法可能與您對故事的原始設計不同，但您或許可以去查一些那個時代的相關資料，當成後續修改的參考。我相信經過修改，《英雄們》會成為一部佳作。」

阿鬼讀得也太仔細了吧？父親說過，小路的案子發生在他出生之前，所以的確可能在八〇年代的最後幾年，但他在寫作的時候，壓根兒沒注意過手機有沒有出現。

不過阿鬼也沒解答他的疑問。

這事不能問父親或翔叔，他想，我得自己找資料。

雖然父親刻意隱瞞了相關人物的真實姓名，但案件的資料並不難查——正如阿鬼所言，這樁案子在當年是全國皆知的轟動案件；毋須查找什麼機密文件，網路上就有一大堆相關報導和評論。

只是他沒料到，自己會查資料查到冷汗直流。

首先，大河落網之後的供詞，前後充滿矛盾，有時承認自己就是主謀，有時又說自己沒有涉案。其實，不只是大河，案件當中的所有被告，都有被捕後先認罪又翻供的紀錄。

不想承認自己犯罪，這他可以理解，但這應該是被捕時第一時間的反應才對呀？怎麼會是先認了，然後才喊冤？

就算是剛被捕的當下一時緊張就承認了，後來才想抵賴，偵辦過程仍有許多疑點。

例如警方當時從勒贖字條上取得指紋、從勒贖電話錄音裡取得聲紋，但這些證據與大河比對都不相符；大河供稱當時到外縣市租車進行綁票，警方也的確找到鄰縣租車行的租賃契約，上頭還有大河的親筆簽名，問題是契約上記錄的租車起算時間在小路被綁架之後，也就是說，按照契約來看，小路的家人發現小路失蹤、在家裡接到勒贖電話時，大河正在另一個縣市的租車行租車。

好吧；他邊看資料邊抓頭：字條有可能是別人寫的，所以指紋不符，電話有可能是別人打的，所以聲紋不符；租車可能用在後續運送肉票的過程中，不是用在綁架的時候，或者租車行寫契約時寫錯時間……可能性很多，這些證據沒能直接連結大河，不表示案子不是他做的，再說，如果大河是主謀，很多步驟可能都會指示手下去完成。

這些事情他都能找出別的解釋，但大河的供述還有其他奇怪的地方。

例如大河供稱是那天早上看到小路的家人開車送小路上學，所以認定小路家境不錯，才會鎖定小路的行蹤，計劃傍晚進行綁架。

但事實上，小路當天是搭公車上學的。大河亂報棄屍地點也許真的是為了玩弄警方，但他想不出大河有任何必要在小路的交通方式上說謊。

再說，如果大河真的是當天早上鎖定小路、傍晚執行計畫，那就表示大河在幾個小時內就做出了妥善地部署，輕鬆地完成綁票行動。他想起阿鬼的疑問：大河真的有能耐在這麼短的時間裡做出完美的擄人勒贖計畫嗎？

資料查得愈多，他的眉心皺得愈緊。

當年除了小路的案件，還有另一樁大集團少東被綁架的案子。綁架少東的是個訓練有素的犯罪集團，犯下至少三起綁架案，執行這類案子的經驗老道；該集團首腦在被槍決之前，曾經坦承小路案也是這個集團幹的，不過因為字條指紋比對不符，所以法院並未如此認定。

問題是，大河的指紋比對也不符合呀。狀況一模一樣，為什麼大河會被判定為有罪，而集團首腦卻被認為與這樁案件無關？

再說，小路案件的縝密計畫，以及包括交付贖款方式等種種手法，都與綁架集團的犯罪方式比較接近，法院的判準實在沒什麼道理。

大河落網之後的隔年，警察曾在一口古井裡發現一具無名男童裸屍。男童腳上綁著啞鈴，顯見不是失足墜井；因為男童的年紀與小路相仿，所以警方曾找小路的家人認屍，但小路的家人不肯出面，警方也沒做其他鑑定，就將男童草草埋葬。

先不論這具屍體是不是小路，腳上綁著啞鈴死在古井當中，很有可能是宗他殺案件，但警方沒有解剖或蒐證，直接埋了男童，這是很明顯的失職，監察院曾經據此提出糾正。

父親和翔叔知道這個無名男童的事嗎？他們是當時把男童埋葬、讓這樁案子無以為繼的人嗎？他讀著資料，發現自己的指尖微微發抖。

「我遇上瓶頸了。」他寫信向阿鬼求救，「我不想修改先前的情節，但也贊同你先前提出的角色設定問題，所以故事卡住了，我寫不下去。」

「請別著急。倘若想把故事完成必須修改先前的情節，那就修改，這不是什麼問題。」阿鬼的回信很淡定，「不過有時解套的關鍵不在情節當中，而在其他元素。請問這個故事的場景設定是？」

「如你先前的猜測，故事的時空背景發生在八〇年代最後幾年的臺灣。」他快快打字,「我也去查了一些當時的資料,但不知道能有什麼幫助?」

「故事發生在八〇年代末期,亦即案件發生的時間是在戒嚴時期的最後幾年,或者是剛解嚴、但是動員戡亂時期還沒結束的時候。」阿鬼寫道,他在螢幕前猛點頭,像個認真上課的學生。

中國國民黨政權一九四八年第一次宣布戒嚴時,還在和中國共產黨進行國共內戰,戒嚴的區域並不包括臺灣;但到了隔年,國民黨政權與共產黨政權隔著臺灣海峽對峙,國民黨政權宣布臺灣省全境戒嚴,戒嚴令成為該政權統治臺灣的基礎,也宣告臺灣與中國處於戰爭狀態。直到一九八七年,當時的總統宣布解嚴,才結束超過三十八年的戒嚴時期。

動員戡亂時期開始的時間更早、結束的時間更晚。一九四七年,因為國共內戰的緣故,國民黨政府宣布「動員戡亂」,也就是戰爭時期公家會動用一切資源投入國防軍事活動,用以弭平各種動亂。當時的國民大會在不更動《中華民國憲法》的情況下,制定了《動員戡亂時期臨時條款》,具有優於憲法的位階。動員戡亂時期持續到一九九一年，歷時接近四十五年。

這兩個時期都在他出生前結束，他雖然查了資料，但對當時的社會氛圍沒什麼感覺，不明白阿鬼所謂的「解套關鍵」是什麼。

「戒嚴或動員戡亂時期的社會氛圍是很肅殺的。」阿鬼在信中解釋，「雖然已經過了兩岸交火的高峰時期，臺灣的經濟狀況也已經漸漸好轉，但政府仍在大力呼籲『保密防諜』，對於重大的社會案件，也會雷厲風行地偵辦——不只是為了緝捕凶嫌好安撫民心，也為了建立政府極具威能、可以快速破案的形象。在那樣的時空背景下，警察辦案所承受的壓力，不只有伸張正義和民眾期盼，還有政治因素。既然《英雄們》發生在如此場景之中，那麼大河因為別人的供詞而被捕、警方又已經對外宣布破案之後，就有可能無所不用其極地緊咬大河，一定要把大河變成真正的凶手，否則不僅無法面對民眾，更無法面對上級。」

「所以真相的確可能如你之前所說，大河根本不是凶手；」他一面打字，一面覺得手心冒汗，「但大河為什麼會供出那麼多錯誤的藏屍地點？」

「倘若大河不是凶手，那麼他供出的地點有誤，是很正常的；」阿鬼寫道，「因為他根本不知道小路的屍體在哪裡。」

「那他為什麼還要講、而且講那麼多次？」他已經知道答案，但還不想面對。

阿鬼這次的回信很短，「刑求。」

「怎麼跑到這裡來？不是犯了什麼事吧？哈哈；」翔叔看他出現在警局，有點訝異，「還是吃膩了醫院附近的伙食，想找翔叔請客？」

他搖搖頭，「有事要請教翔叔。」

翔叔看著他，長身站起，「好，陪我到外頭抽根菸。」

阿鬼不知道《英雄們》的情節來自真實案件，所以客觀地推測大河曾經被警方刑求。這是個很合理的推測，不但可以解釋父親口中「大河一再說出錯誤藏屍地點」的問題，也可以解釋他查找的資料裡頭，大河雖然認罪卻又試圖翻供、供述的做案過程又有多處與事實相互矛盾的情況。

但他從沒想過，父親可能會刑求犯人。

父親的確喜歡炫耀體能，但這不表示父親喜歡使用暴力，他與父親意見相左的時候，父親除了叨唸幾句，從未強硬地要他服從。

但他愈是思索，愈是覺得阿鬼的推測，是唯一的可能。

他不知怎麼詢問父親，所以決定來問翔叔。

「好了，」翔叔瞇著眼吸了口菸，「想問什麼？」

他想過很多開口的方式，怎麼想都覺得彆扭；反正都要問了，就大著膽子問吧，「翔叔，你曾經打過犯人嗎？」

「有。」翔叔沒看他，吐出一個煙圈。

「啊？」一下子就得到肯定答案，他有點錯愕。

「在逮捕過程當然和嫌犯動過手呀，那是難免的啦；」翔叔揮掉一小段菸灰，「那些壞蛋才不會乖乖被抓咧，男的會動拳頭，女的還會又抓又咬，凶得很咧。」

「不是；」他清清喉嚨，「我是說在偵訊犯人的時候。」

「沒有。」

「真的？」他鬆了口氣，但止不住懷疑。

「警專裡頭沒有哪本書教我們打犯人啦，」翔叔又吸了口菸，「但那畢竟是在學校裡頭，真正工作的時候，沒幾個犯人會乖乖吐實。所以學長會教我們一些讓犯人說實話的方法，能夠破案最重要嘛。」

「不是打人？」他問，「那是什麼方法？」

翔叔轉頭看他，嘴角歪起一抹笑，沒有回答。

「爸，我有事問你。」回到醫院，剛過晚餐時間，他與收走餐盤的護士擦肩而過，站到父親床前。

「跑哪兒去了？吃過飯沒？」父親笑著問，「你有沒有看見剛才那個護士小姐？溫柔漂亮又細心，要不要老爸幫你介紹？」

「我沒心情開玩笑。」他瞪著父親，「你有沒有在偵訊的時候對犯人動過手？不，我乾脆這樣問：你有沒有刑求大河？」

父親瞇起眼睛看他，「你怎麼會問這種事？」

「回答問題！」他發出低吼。

「打過。拳頭、手肘、用腳踹、拿棍子；」父親若無其事地道，「你想知道得更詳細的話，我還灌過辣椒水、拿剉刀插指甲縫。你要把這些寫進你的故事裡嗎？」

「別管故事了！」他捏緊拳頭，「我們在說的是現實啊！你怎麼可以這麼做？」

「怎麼做？我做事得徵求你同意嗎？」父親哼了一聲，「你知不知道我是什麼人啊？我是個警察啊！成天面對的都是一些用暴力脅迫善良百姓的混蛋啊！你有沒有試過去訊問強盜犯？有沒有試過去訊問殺人犯？你以為我問他們說：『先生，這宗案子是你做的嗎？』他們會誠懇地回答：『沒錯，警察先生，就是我』嗎？啊？你什麼都不懂啊，不要自以為是！」

「但是……」他的氣焰虛了，「刑求是不對的呀。」

「刑求不對？也許；」父親道，「但只要能破案，就是對的。」

「可是大河……」他剛開口，父親就打斷他的話，「對，就像大河。年紀輕輕就當了角頭，背了幾條人命，你以為這樣的人好對付嗎？不用點手段，他怎麼會認罪？」

「問題是，爸，」他放低身段，「那樁案子有很多疑點不是嗎？刑求也許獲得了一些答案，但你問出來的供詞有一大堆地方和事實不符啊，這表示刑求不像你說的那麼有用。像是鎖定小路的理由，像是租車的事，難道那時你不覺得奇怪嗎？」

父親一怔，「你怎麼會知道這些？」

「我會查資料的啊；」他誠懇地道，「大河可能是被冤枉的。」

「大河才不是被冤枉的！」父親回得斬釘截鐵，「我們破案了！」

「我的確不知道大河有沒有綁架小路，但我現在確定他被屈打成招。」他道，「大河每次被打到受不了，就隨便編造一個地點搪塞，明明知道這樣可能會讓自己下次被打得更慘，但也只能先用這個方法讓警察暫時放過他，這不是很殘忍嗎？」

父親沒有說話。

「再說，就算大河是個暴力討債的角頭，那犯的就是其他罪名；」他續道，「綁票案的疑點那麼多，你們還硬加在他頭上，早早宣布破案、不去追查其他線索，不就放過真正的綁匪了？」

父親仍然沒有說話。

「當然，」他觀察父親的表情，微微點頭，「你也想過這個可能，對不對？但是你不想承認，或者因為當時有其他原因讓你不能承認，就連對我說當年的豐功偉業時，你都不敢說實話。」

「說實話？」父親抬眼望他，「那你有對我說實話嗎？」

「什麼？」

「你是同性戀，對吧？」

他愣了。

過了良久，父親打破沉默，「我注意你一段時間了。你自以為隱藏得很好，但瞞不過我。」

父親的確持續關注著他。他有些釋然，也有些疑惑，因為父親似乎不怎麼生氣。他囁嚅開口，「那個，爸……」

「我不想討論這個。」父親擺擺手，「你是獨子，搞什麼……算了，自己覺得怎樣好就去吧，別管我的意見了，反正你不會聽我的。」

以父親的個性而言，會這麼說就表示不會干涉了吧？他想了想，「爸，大河後來怎麼了？」

「唔？還在想你的小說？」父親挑起一邊眉毛，「你是認真想要成為寫小說的？」

「我還不確定自己能不能成為作家，」他誠實地說，「但我想多瞭解一點現實世界，多聽一些你的故事。在請你講其他故事之前，我必須知道這個故事的後續，來決定這個故事如何收尾。」

窗外傳來救護車抵達的聲音。他聽見有人匆匆從門外的走廊經過。

「其他共犯經過幾次上訴更審，大多都改判有期徒刑，只有大河因為是主謀，所以一直維持死刑判決。」父親閉上眼睛，「大河現在還在牢裡。」

父親的語氣透著無法掩飾的疲憊，他忽然覺得父親老了。不是肉體上的衰老，而是精神上的。

或許這三十年間，父親曾經反省過自己當年的作為？或許這三十年間，父親曾經感激大河的死刑一直沒被執行，同時暗暗期盼出現什麼關鍵性的證據，能夠將真凶繩之以法、讓大河不再背負與之無關的罪名？他想起父親方才爽快地坦承刑求，所以或許父親一直在等一個機會，可以向不是同僚的某人說說這件事，別讓它一直壓在心上？或許他如果早點和父親聊聊，不只父親可以把大河的案子告訴他，他也可以把自己的性傾向對父親據實以告，不用獨自煩惱？

「我知道，」他點點頭，「從被捕時到現在，快三十年了。但我問的『後續』不是這個。」

父親睜開眼睛，轉頭看他，露出詢問的表情。

「我想知道的是，這三十年間，你對這件事的想法有沒有改變？雖然你告訴我當時對當年的判斷很肯定，但三十年來，你是否曾經質疑過自己？你也說過，當時長官給了很大的壓力，社會氛圍和現在並不相同，如果案件發生在這個年代，你的做法會不會不一樣？爸，」他小心地問，「大河的死刑還沒被執行，如果有人想替他翻案，你願意說出當年曾經刑求的事實嗎？」

「也許吧……我不知道；」父親出現難得的遲疑，「你問這個做什麼？」

因為這是他剛剛才確定要寫進《英雄們》的結局。

英雄也是凡人，也會有犯錯的時候。但如果能夠直視錯誤，盡力改正，那就是真正的英雄。

這個故事的結局，應該從英雄決定認錯開始。

他還沒向父親說明，病房門口忽然出現人影。

「嘿，打擾你們父子倆談心了嗎？」翔叔站在門口，向他們打招呼。

「你最近很有空啊？」父親的聲調恢復正常。

「我忙得很啊；」翔叔走進病房，「不好意思，臨時跑來，沒帶伴手禮。」

「就說不必那麼麻煩；」父親問，「既然忙，怎麼還來探病？」

「我可不是特地來探病的；」翔叔在病床邊坐下，「有個受刑人下午送急診，我下班了過來瞧瞧，幾個獄警還在恢復室外守著呢。」

「恢復室？動手術啊？」父親有點驚訝，「哪個受刑人？」

「就那個……」翔叔看看他，「那個大河。」

「大河怎麼了？」他急急地問。

「獄警同我說，大河今天早上抱怨肚子痛，獄方以為是吃壞肚子，沒怎麼理會；」翔叔說，「後來大河開始嘔吐，接著發燒，同室的受刑人形容嘔吐物很臭，獄方等到中午，看狀況沒好轉，才討論該找醫生。總之拖拉半天，中午醫生到了，發現情況不對，緊急送醫，確定是急性腹膜炎，要開刀。」

「這麼嚴重？」他瞪大眼睛。

「局裡傍晚接到通知，我就過來看看，順便和你打個招呼；」翔叔聳聳肩，「獄警剛還在抱怨，說這些犯人真會惹麻煩，我猜就因為他們這麼想，所以做事才拖拖拉拉。」

「等大河醒了，」父親想了想，「通知我一聲，我們去見見他。」

「要做什麼？」翔叔做出古怪的表情，「大河大概二十幾年沒見過我們了吧？搞不好根本不認得我們了。」

「不管認不認得；」父親看他一眼，向前傾身，盯著翔叔，「我想去看看他的狀況。」

「呃，好。」父親的表情認真，翔叔有點不知所措。

見到大河，父親會有什麼表示呢？他正想著，手機響起。

「現在有空嗎？」男友的聲音從手機裡傳來。

「就算有空也沒法子一起去健身房啦；」他回答，「你什麼時候回來？」

「嘿嘿，」男友笑得促狹，「我就在樓下。」

「真的嗎？」他忽然心頭一鬆，覺得想把最近發生的事都告訴男友。

「當然是真的；」男友道，「我帶了水果來探病，你下來替我拿給伯父吧。」

「你拿上來好了；」他想了想，「我把你介紹給我爸。」

「我今天穿得很隨便，」男友笑道，「初次拜會情人的父親，這樣不大得體啊。」

「不會，我男友特地來探病，我爸會覺得你很體貼啦！」

「你要告訴伯父我們的關係？」男友的聲音明顯嚇了一跳。

「對。」他不自覺地笑了，「快上來吧。」

我們和他們

04

聽著，小鬼；
拿槍的那人說：裡頭有你的位置

〈Us and Them〉
by Pink Floyd

Us and Them

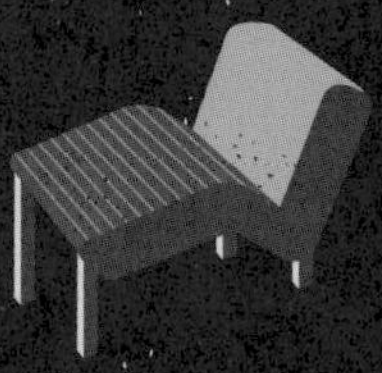

「寶貝，該睡了。」男友穿著四角褲走出浴室。

「我還在查資料。」她盯著電腦螢幕，沒有回頭。

「別查啦；」男友走到她身後，皺眉盯著螢幕，「妳在查什麼啊？」

「一些脫北者的經歷。」她移動滑鼠，點開一個新視窗。

「『脫北者』是什麼東西？」男友湊近螢幕，她聞到男性沐浴乳的氣味。

「就是逃離北韓政權的人。」她解釋。

「妳寫連載會用到這種資料？」男友直起身體，表情疑惑。

「對呀。」她在紙上寫了幾筆，盯著自己的筆記思考。

「妳寫的是科幻世界的推理小說，和北韓有什麼關係？」男友問。

「本來沒關係，」她回頭瞥了男友一眼，「但從現在開始，這會和犯人是誰有關係。」

男友聳聳肩，「妳的推理點子是我提供的，我已經知道犯人是誰了啦。」

「不不不，唉呀；」她搖搖頭，把視線重新放回筆記，「等我有空再解釋。」

「今天是週五，這麼晚了妳還沒空，」男友嘟噥，「什麼時候才會有空？」

「我今天得把資料查好，擬好大綱；」她在紙上寫了幾個字，畫了一道箭頭，再寫幾個字，「這樣明天才能開始寫新進度，不然會趕不上這一期的連載。」

身後傳來室內拖鞋擦過地板的聲音、男友把自己摔上床然後不知哪個部位撞上床頭的聲音，接著是男友哼哼唧唧喊痛的聲音——最後這個一聽就知道是裝模作樣，所以她沒理會。

決定要在網路平臺上連載小說的時候，季節是還透著涼意的初春；開始連載已經過了三個多月，季節也正式進入夜裡仍超過攝氏三十度的酷暑。在這三個多月裡，她每兩週會寫出五千字左右的進度，上傳到連載平臺發表。

她在銀行工作，上班時間大抵十分固定。銀行附近就是精品百貨林立的商業區，先前下班之後，她會先隨意挑幾家百貨逛逛，最後選家咖啡店小坐，等男友下班，再一起吃晚飯；過了一陣子，她幾乎都選擇到其中一家百貨公司的附設書店落腳，翻翻書、吹冷氣，而且不用花錢。

男友是個工程師，收入穩定，沒有不良嗜好，最常做的消遣是玩手機遊戲，或者讀讀推理小說。兩人交往一年多，住在一起四個月，生活規律，她覺得很好。她喜歡按計畫過生活，每個時點都知道自己該到哪裡，不用傷腦筋。

不過開始寫連載之後，她每天下班就先行返家，查資料，擬大綱，等男友買外帶食物回家再草草解決晚餐——她是寫小說的新手，很多東西都是一邊摸索一邊前進，雖然在開始連載前就已經設想好了故事的發展方向，但還是得且寫且改。兩週五千字的進度，對慣寫小說的作家而言可能不算什麼，對她來說卻是一大挑戰，況且她如果沒睡足八小時就沒法子在銀行面對數字，所以週間能寫的時間不多，週末也得努力。

既然決定試著寫連載，就要有規律地撐到最後；她的堅持產生了一定的效果，連載平臺上的訂閱人數穩定增加，也時常出現網友鼓勵的留言。

她開始覺得坐在電腦前面一個字一個字地把自己的想像變成文字，實在是一件愉快的事，不用管白天的種種煩惱，進入一個完全由自己主宰的世界。按照原來的計畫，她的故事會是個四萬字左右的中篇；她一直維持該有的創作進度，也就是說，現在她應該已經在寫故事的結局了。但計畫永遠可能遇上變化，所以她目前非但還沒能把故事收尾，反而還在想新的發展。因為寫小說的關係，最近和男友相處的時間少了，男友雖然沒有抱怨，但是不是會有點不大高興呢？

她想起方才男友湊近身旁時聞到的沐浴乳氣味，忽然一愣。

「你換沐浴乳了？」她轉頭朝床的方向問。

「換一個禮拜啦。」男友的聲音從床上傳來。

她有點訝異，日常裡的這類改變她向來都會馬上察覺；她也有點內疚，這段時間自己似乎真的太不關心男友。

「其實，」男友從床上坐起來，「我有點後悔要妳寫這個連載……」男友終於要抱怨她的冷落了？她豎起耳朵，聽男友續道，「……不寫連載，妳就不會認識那個網友了。」

「人家只是好心幫忙而已。」她笑了，心裡明白自己說的是實話。

「神神祕祕的，」男友哼了一聲，「哪會安什麼好心？」

幾個月前，她下班後照舊走到書店，找出前一天還沒讀完的那本書，窩進一個角落。因為讀得入神，她沒注意到身旁站了個人，直到那人開口，「小姐，妳的粉紅蕾絲內衣很辣哦。」

她嚇了一跳，下意識地抓緊領口，才發現自己襯衫的每個釦子都乖乖地卡在釦眼裡，根本不可能走光。她抬眼一瞪，看見說話的人是男友。

「妳讀得好專心啊，」男友嘻嘻笑著，「走吧，吃飯了。」

「幹嘛沒事嚇我？」她皺眉站起，把書放回書櫃，「這書很好看嘛。」

「什麼書啊？」男友問。

「《一無所有》，科幻小說啦，」她拍拍男友的手臂，「沒有離奇的凶殺案，你一定沒興趣。」

「沒錯，推理小說比較好看。」男友講得理直氣壯。

「等等，」她剛要邁步，突然想起，「你怎麼知道我今天穿哪件內衣？」

「這就叫推理啦，」男友眨眨眼。

她對推理故事沒什麼興趣，但喜歡讀奇幻或科幻小說。接下來幾天，她斷斷續續地讀著《一無所有》，沒事就對男友描述書中的設定，不時加入自己的想像，替那些設定增添細節。

「我覺得奇幻和科幻小說的世界觀設定最重要了；」她對男友道，「因為不是現實世界，但所有的故事都會在那個虛構的世界裡發生，所以這些作家都做了很厲害的設定，讓故事看起來理所當然。」

「吃完再說；」男友喝完碗底的最後一口湯，「妳的拉麵都涼掉了。」

「不過，」她吸了一根麵條，抬頭續道，「也就因為故事不發生在現實世界，所以事情一定會照作家寫的方式發生，沒有什麼合不合理的問題，而這些作家的想像力實在太豐富了！」

男友坐在她身旁，看她低頭吃麵，過了會兒，問，「那妳要不要自己寫個故事？」

「啊？」她看看男友，搖搖頭，「別鬧了，我不會寫小說啦。」

「就寫個科幻故事嘛！」男友講得一派輕鬆，「妳不是說科幻小說的世界觀設定最重要嗎？妳這幾天已經對我說了一大堆設定了，不寫多可惜？」

「那個只是我自己胡思亂想的而已。」她有點不好意思。

「我覺得聽起來很完整呀；」男友繼續敲邊鼓，「我知道最近有個網站在徵作者寫連載，要不要收費由作者自己決定，就寫寫看嘛，還可以賺點外快。」

當晚，她從雜物箱裡翻出一本很久沒用的筆記本，把這幾天想到的設定寫下來，然後和男友一起瀏覽連載平臺，詳細閱讀刊載規則。

「這個上稿後臺看起來滿簡單的，妳可以很快上手；」男友看著螢幕上的說明，「試試看吧。」

她搖頭，「還是算了。」

「怎麼了？」男友問。

「我剛寫了一些設定，」她揚揚手上的筆記本，「幻想一個自己設定規則的世界是滿好玩的，但是我完全不知道那個世界裡該發生什麼故事。」

「那……」男友幫忙出主意，「寫個推理故事吧！」

「我不知道怎麼寫推理故事啦，」她翻翻白眼。

「很簡單啦，」男友笑著，「推理小說的好處就是只要妳想出主要的謎題，就可以發展出來一大堆情節了，前面先是有人被殺，然後大半部分的故事都在找線索和拼湊證據，最後破案，這樣故事就寫完啦。」

「我不想讀推理就是因為我覺得那些搞不清楚的謎團很討厭，」她抿著嘴，「更別說還得自己設計謎題去騙讀者，太難了。我連你為什麼知道我穿哪件內衣都猜不出來。」

「這個包在我身上！」男友拍拍胸脯，「我翻過好幾本《五分鐘推理謎題》之類的書，裡頭都是簡單的推理謎題，我們找一個適合的謎題，加油添醋就可以寫成小說啦。」

她露出懷疑的眼光，「哪有這麼簡單的事？」男友一向有點太過樂天，照這說法，推理作家只要想個一頁能講完的謎題，就能寫出三百頁滿滿都是字的小說了？

「沒問題啦，而且我已經想好了最適合妳的推理形式；」男友得意地道，「明天再告訴妳。」

「為什麼要等明天？」她問。

「因為我現在有事要忙。」男友答得很正經。

「這麼晚了要忙什麼？」她不解。

「忙著幫妳把內衣脫掉。」

●

雖然沒什麼信心，但她仍準備了幾個禮拜，然後開始在電腦鍵盤上頭敲下文字；看見自己腦中的幻想開始凝成螢幕上的句子，感覺十分奇妙。第一回的連載進度沒遇上什麼麻煩地如期寫完，第二回也一樣；她漸漸覺得，自己似乎真的能寫小說。

可惜小說的標題太普通了點。下次要想個更吸引人的名字才行。還有下次咧；她在心裡輕笑，但隱隱覺得這不是妄想。

她的小說，叫作〈我們和他們〉。

遙遠的銀河彼端有兩顆行星，一大一小，形成一個雙行星系統，繞著一個位於兩星之間的重力中心——亦即質心——彼此運行。較大的行星叫「鈉」，較小的行星叫「鈦」，鈉星政府一直宣稱鈦星是鈉星的衛星，但許多鈦星人並不這麼認為，他們舉出大量實證，表示鈦星自古就是顆獨立行星。

事實上，鈉星政府之所以會有這種說法，主因並非天文學中對「行星」和「衛星」的定義問題，而是鈦星上頭目前主政的政權，早先曾經統治過鈉星。

大約半個世紀前，鈉星政權內部發生鬥爭，原來是各個領主之間爭奪共主位置的政治拚鬥，後來愈演愈烈，擴大成慘烈的內戰。連年內戰讓平民苦不堪言，終於有人看清：自己沒有必要為了封建社會特權階級的權力鬥爭賣命；以「權力共享、利益均分」為中心思想的民間力量開始崛起，挑戰特權階級的統治地位，又經過數年戰爭，民間力量獲勝，奪得鈉星政權，殘存的領主勢力被迫流亡鈦星。

兩星政權隔著太空，剛開始還偶有相互攻擊，但不久之後兩方政府就發現：整頓自己的行星才是首要任務。於是戰鬥少了，建設多了，兩顆行星開始各自發展。

令人意外的是，鈉星上的新政權雖然主張「權力共享、利益均分」，但卻在取得統治地位後，迅速成為一個表面上主張全星共榮，實際上遂行中央集權的政治體系；而流亡到鈦星的鈉星領主們則彼此整合，先建立了一個不大牢靠的封建政體，再經由原生種鈦星人及鈉星異議分子的長年衝撞協商，漸漸形成近似全民皆可參政的民主體制，主政階級不再專屬於鈉星人，而鈉星人與鈦星人通婚產生的後代，也漸漸認定鈦星就是自己的母星。

也就是說，先前因為理念不合而終於分隔兩星的政治體系，後來的發展卻朝著當初自己反對的那個方向前進；而在不相聞問數十年之後，兩個行星上的住民開始一點一點地重建關係。

首先是兩方政府開放探親，再來是逐步開放商業互動。商業活動日漸頻繁之後，對交通便利的要求也就多了；交通管道日漸便利之後，流竄在兩星之間的犯罪行為也就多了。

事實上，在兩星政權仍然不相往來的那些年，罪犯就已然經由各種偷渡管道在兩星之間遊走了——鈦星罪犯潛往鈉星，可以用犯罪所得享受奢華的生活，鈉星罪犯甚至可以劫持星際飛行器光明正大地在鈦星降落，接受鈦星政府的諸多禮遇，成為鈦星政府宣傳鈉星政權種種低劣落後行徑的宣傳明星。

這是她對於故事場景的原初想法，關於兩星的地貌資源、發展經過、社經力量和彼此之間相互牽制又相互試探的情勢，她愈寫愈多、愈寫愈細，也愈寫愈有興致。但她明白，光是這些場景設定，還無法構成故事，得要有足夠分量的事件發生，才能產生情節。

男友從那些蒐集大量推理謎題的書本裡頭找出幾則，綜合在一起，變成一個多人命案。她本來覺得這樣太複雜了，自己應付不來；但男友告訴她，這些謎題的線索都不困難，多來幾個看起來才夠分量。

「而且，」男友告訴她，「妳可以讓命案發生在其中一顆行星上頭，讓那顆行星的警察去查案子，找到所有證據，但沒法子破案。」

「啊？」她不明白。

「然後，警察把線索告訴另一顆行星的偵探，」男友續道，「這個偵探聽完線索，就把案子解決掉。」

「為什麼要這麼做？」

「我說過了，這是最適合妳的推理形式；」男友回答，「這種模式根本就是為妳的場景量身訂做的啊。」

•

男友解釋，這種推理類型，叫作「安樂椅神探」，顧名思義，就是故事裡的神探角色幾乎不實際參與偵緝凶嫌和尋找證據的過程，單靠過人的智慧，就可以從偵查人員已經獲得的雜亂線索中理出頭緒，還原案件真相。

「很多推理小說會有一再發生的連續案件，偵探原來也搞不清楚犯人是誰，但等幾宗案件把證據累積到一定程度，他就會把一切拼湊出來；」男友比手畫腳地說，「但是妳對推理小說不熟，這麼做可能比較麻煩，所以我才想到這個點子。」

根據男友的想像，故事一開始就有好幾個人被殺，偵查人員找出一些相關證據，但沒法子解謎；接著偵查人員聽說另一顆行星上有個神探，就把線索告訴神探，讓神探一舉解開謎團。

「妳不用想什麼累積證據或偵探被誤導的情節，可以簡化查案的過程；神探也不用到案件發生的那顆星球去實地偵查，知道線索就可以了。」男友豎起一根手指，「這不是很適合妳的雙行星狀況嗎？」

聽起來的確如此。

〈我們和他們〉第一回的連載，以一樁五人遇害的命案開始。

事件發生在鈉星，遇害的是兩名從鈦星到鈉星開工廠的鈦星商人，以及三名在當地僱請的鈉星員工。凶手將五人綑綁、割喉，搶走工廠辦公室裡的大量現金後消失無蹤。

鈉星警方出動緝凶，一方面從現場採集各種跡證，一方面尋找相關證人。她小心地控制每回連載的字數，一部分用來描寫鈉星警方的行動、取得的鑑識結果及證詞，另一部分則用來解釋兩星的歷史沿革及社會狀況。

她認為這樣的寫法可以避免出現篇幅太大的時空背景描述，讀者才不會因為情節沒有推進、讀小說像在讀歷史設定而感到無趣，但也能因為逐漸明瞭兩星之間的關係，理解鈦星偵探沒法子到鈉星參與查緝的原因；如此一來，結局時鈦星偵探光憑鈉星警方提供的鑑識資料及證詞就漂亮破案，也就順理成章。

如此計畫收到不錯的效果，〈我們和他們〉的訂閱人數穩定增加，每次看到訂閱數字往上跳，她就感到極大的成就感。

一個禮拜前，她刊出第六回連載，故事已經發展到鈉星警方查到所有證據但仍找不出凶嫌、鈉星探長聽聞鈦星偵探大名的部分。鈉星探長爭取政府同意、以這樁五屍命案同時牽扯到兩星人民為由，將相關資料在有限制的情況下送往鈦星；下一回連載時，鈦星偵探就會登場，先一一分析線索、重新連結，在最後一回連載裡指出凶嫌不止一人，並且查到一個由鈦星父子三人組成的犯罪團體，不但完美地偵破懸案，也讓兩星的官方合作更進一步。

按照她和連載平臺原來的協議，網友訂閱先前的六回連載是免費的，最後兩回開始解謎了，就改為付費才能閱讀。

「付費閱讀是我們成立連載平臺的主因；」連載平臺與她聯繫的專員表示，「我們希望作者就算不走傳統路線出版作品，也可以經由創作獲得一些收入。」

「但是，」她有點擔心，「會不會要收費就沒人看了？」

「願意付費的一定會比訂閱的人數少，不過妳的訂閱人數這麼多，所以不用煩惱；」專員安慰她，「我們內部做過討論，妳的作品有很多人喜歡，如果妳願意的話，我們可以幫妳聯絡出版社，我個人覺得一定有出版社搶著要出版這個故事。」

出版的話，自己不就成為作家了嗎？她覺得十分興奮，但也在心裡提醒自己：最後這兩回一定要小心處理、收得漂亮，讓付費讀者覺得非常滿意才行。

刊出第六回連載之後，她在連載平臺上張貼了最後兩回必須付費的公告，同時重新檢查自己早先擬妥的進度大綱，思忖有沒有什麼可以讓結局更加出人意外的寫法。準備關機下線的時候，她發現電子信箱裡多了一封從連載平臺寄來的電子郵件。

郵件主旨有簡短的制式說明，表示這封信是網友發出、透過連載平臺機制轉寄給她的。這類郵件她在開始連載後已經收過幾封，全是網友寄來的鼓勵，她也心懷感激地一一回覆；但點選「開啟」之後，她發現這封郵件與過往不同。

「您好，我是〈我們和他們〉的讀者，我很喜歡這個故事。」郵件開頭看起來和其他鼓勵的信件大同小異，但接下來的內容截然不同，「剛發現您貼出的公告，表示將從下回連載開始解謎，讓我十分疑惑。因為從您的設定揣想，這個故事目前應該只進行到五分之一、最多四分之一左右，下回連載就要開始解謎，實在不合理。我並不是不願意付費閱讀，事實上，這麼精采的故事，我願意從一開始就付費；但寫這封信打擾，只是想要請教：您為什麼要用超過一半以上的篇幅來解謎？」

這個網友在說什麼啊？證據全都查到了，接下來不就要解謎了嗎？超過一半的篇幅？這個故事只剩下四分之一而已呀。

她皺著眉頭，盯著信末的署名，「阿鬼」。

「阿鬼，你好，很高興你喜歡我的作品，你的來信對我這個小說新手而言是莫大的鼓勵。如你所見，〈我們和他們〉目前的連載已經將所有證據列出，所以按照進度，自然就要開始解謎與收尾。這個故事原來就打算寫成中篇，所以再兩回就會結束，並沒有你所說的『用超過一半以上的篇幅來解謎』的狀況，謝謝。」

「原來如此。可惜。」

她在螢幕前面瞇起眼睛。

阿鬼的回信很快，也很短。那個「可惜」是什麼意思？是在說「可惜，這只是個中篇，我好想看更多雙行星世界的故事」嗎？不對，阿鬼認為這個故事應該比她原來預計的更長，所以阿鬼不是想看更多故事，而是想看這個故事。所以是在說「可惜，這個故事太短了」吧？但為什麼阿鬼會認為故事最多才進行到四分之一？

她重讀一次阿鬼的第一封信。「從您的設定揣想，這個故事目前應該只進行到五分之一、最多四分之一左右」，阿鬼信裡是這麼說的；「五分之一」、「四分之一」的比例，阿鬼是怎麼估計的？

阿鬼在第一封信裡表達了對〈我們和他們〉的肯定，但與其餘鼓勵信件不同，阿鬼的信顯示出對小說結構自有一套看法。或許阿鬼是個創作前輩、甚至可能是位作家？

她想起連載平臺專員提到的出版可能。

倘若阿鬼真的是位作家，那她就應該把握機會請教一下。

「上一封信回得倉促，請見諒；」在她寄出詢問郵件之後，收到阿鬼字數不少的回覆，「之所以會認為目前進度是全部故事的五分之一到四分之一，來自於我對三幕劇的理解。您知道的，傳統的三幕劇架構中，第一幕用來觸發衝突，第二幕用來描述衝突，第三幕則用來解決衝突。以推理小說而言，第一幕通常很短，主要把案件交代之後就結束了；第三幕會比較長一點，因為需要一些篇幅來解釋案件中的謎團。而第二幕都會是占比最大的，在這一幕裡，會以尋找證據、做出判斷、遇上挫折、重新推論等等方式，來描述角色們如何面對案件。您的案件設計並不複雜，不過因為場景設定完整、又發生在虛構的星球，所以我認為第一幕必須寫得比較長，但第三幕應該會比較短。就目前的進度而言，故事應該才在第二幕的開始不久，所以我才會做出那樣的估計。」

「但是鈉星警方已經找足證據，鈉星探長也要把證據交給鈦星偵探了；」她寄出回信，「我打算用『安樂椅神探』的形式來解決案件，所以偵探拿到證據就會破案了。」

「安樂椅神探？不行。」阿鬼的回信馬上出現。

「不行？為什麼不行？」她把阿鬼的信給男友看，男友不同意地挑高眉毛，「這個阿鬼是誰啊？」

「我怎麼知道？」她翻翻白眼，「寫的信看起來很專業，可能是作家哦。」

「作家？我看只是故意顯示自己很有才，想要把妹吧！」

「他又不知道我是男是女。」

「連載平臺上不是有放妳的作者照片？」

「但我用的是勒瑰恩的照片呀。」

「誰？」

「《一無所有》的作者。」

「喔，那也是女的！」

「勒瑰恩是老奶奶了啦。」

「那他就是個對老奶奶有興趣的變態！」

「喂喂；」她搖頭，「你太誇張了。」

「而且居然嫌案件設計不複雜？」男友還沒打算停止，「那是我精挑細選的推理謎題耶！」

「總之人家說不能用『安樂椅神探』啦。」她道。

「沒道理嘛！」男友揮著手，「西澤保彥的《解體諸因》裡每個短篇，都只是講講新聞或日常事件，角色們聊一聊就解謎了；京極夏彥的《狂骨之夢》裡頭，前面大半本都在講謎團，偵探京極堂最後兩章才出現，然後就解謎了——這都是應用了

『安樂椅神探』的形式，哪有什麼不能用的道理？」

「喔。」她不知要接什麼，男友講的兩本書她都沒讀過。

「妳回信舉出這兩個例子，告訴他這個形式沒問題；」男友點點頭，「讓他知道妳也是做過功課的！」

「《解體諸因》和《狂骨之夢》的確都用了『安樂椅神探』的形式，」阿鬼的回信不慍不火，「但這兩個例子，正好可以解釋我認為〈我們和他們〉不適合應用『安樂椅神探』的原因。」

男友已經睡了，她獨自在電腦前讀阿鬼的長信。

「《狂骨之夢》中，多數出場角色都認為京極堂可以解答他們各自遇上的奇怪事件，所以齊聚於京極堂的書肆當中，待到京極堂返家，就進入解謎的部分。這裡有個重點：這些角色提供給京極堂的資訊，都是他們知道的『正確』資訊，以《狂骨之夢》的情節來看，他們也沒有必要欺騙京極堂。但在〈我們和他們〉當中，鈉星和鈦星的政權關係微妙，死者裡有鈦星人也有鈉星人；照您目前的線索來看，犯人一定是查案過程裡提到的鈦星父子三人組，鈦星偵探的推理結論，應該是這三人為了搶錢而犯案。」阿鬼寫道，「在這種情況下，鈦星偵探理應要對證據有所懷疑，因為如果鈉星提供的證據有問題，那麼他的推理就會讓三個鈦星人變成罪犯。」

她一愣。是啊，為什麼鈦星偵探會無條件相信鈉星提供的線索？鈉星政府對鈦星主權有異議，而公家單位提出對鈦星人不利的犯罪證據，同為鈦星人的偵探的確不應該毫不懷疑。

「《解體諸因》中，出場角色們一同討論各種肢解事件——這本短篇集裡的事件，有些其實並不是『案件』。無論是不是案件，這些故事也有個重點：角色們並沒有實際參與辦案，討論的結果也不影響偵查方向，也就是說，不管他們的推理正確與否，其實都只是閒聊，與緝凶無關。」阿鬼繼續說明，「但是，您筆下的鈦星偵探可能造成冤獄，因為看起來警方的確會按照他的結論去逮捕嫌犯。」

她皺著眉頭思考：所以，問題又繞回來了——鈦星偵探要怎麼確定鈉星警方的線索是正確的？在她的想像中，這兩個政權的最高刑罰都是死刑，所以雖然不需要寫進故事裡，但她知道殺了五個人的三個鈦星人一定會被處死。

假若這三個人不是真凶，那她不就隨便弄死了三條人命？

她忽然覺得寫小說壓力好大。

「其實，『安樂椅神探』是很有趣的推理類型，也很適合用在古典解謎的推理故事裡，因為這類故事的重點就是解謎的智力遊戲；但從您的設定來看，〈我們和他們〉吸引人的是雙行星之間的關係，而非單純解謎。」阿鬼舉例，「事實上，因為納星探長目前獲得的證據，例如案發後馬上回到鈦星的星際運輸船乘客名單，或者在犯罪現場採集到的指紋……等等，雖然看起來都指向那三個鈦星人，但都沒有足以定罪的分量，反倒感覺是刻意安排的結果，所以我才會認為鈦星偵探應該提出質疑。」

阿鬼的長信如此收尾，「當然，我對目前凶嫌的推測也可能有誤，您可能也已經擬妥某種我沒想到的破案方式，可以避免我提出『安樂椅神探形式不適用』的疑慮。幾封長信打擾，只是因為我希望可以讀到架構完整的好看小說，如果您的設計超乎我的推測，那麼請不用在意這幾封信，我會非常期待讀到讓我驚奇的結局。」

她關上電腦，嘆了口氣。

那些證據當然是她根據男友提供的點子刻意安排的，但她明白阿鬼的意思。自己的寫作技巧還不純熟，這些證據安置的方式太生硬，所以看起來突兀。而從這些證據裡，阿鬼可以精確地認出她準備好的凶手，但也委婉地指出這麼做並不合理。

她無法不在意阿鬼的郵件內容。

事實上，她完全被阿鬼說服了。

問題是，她不知道該怎麼讓那些安排變得合理。那些證據都寫在已經公開的連載當中，後續該怎麼辦？

「怎麼辦？」隔天晚上，她徵詢男友的意見，男友悶悶地回答，「照原訂計畫辦呀。再連載兩回就結束了，妳管那個網友做什麼？就算小說內容他不滿意，也只是他的個人意見而已。」

「但那是很專業的意見啊；」她嘆了口氣，「我一想到自己可能會誤殺那三個鈦星父子，就覺得很有壓力。」

「殺掉三個人算什麼？」男友瞪她，「妳一開始不就殺掉五個人了？」

「不一樣，那五個人死了，故事才會開始；」她回瞪男友，「而且那是你的點子，嚴格說來，他們是你殺的。」

「沒關係啦；」男友避開她的視線，「反正作者最大，妳照原來的大綱把故事寫完就好了。再說，那些收錄推理謎題的書也都這樣呀，這個網友如果那麼有才華，幹嘛不去向出版社抗議那些書？」

唔？她眨眨眼。這件事的確可以問問阿鬼。

「因為推理謎題不等於推理小說。」阿鬼的回信如常冷靜，條理分明，「推理謎題只提供必要的解謎線索，不需要交代詳細的場景及角色個性，而讀者也只需要從少量的線索裡去找出謎底。也就是說，推理謎題類似某種形式的謎語，解謎是閱讀時唯一的趣味。」

她在螢幕前點著頭，繼續讀下去，「但推理小說是完整的故事，會有更複雜的情節、更精準的場景，以及更立體的角色。謎題是推理小說當中很重要的一部分，但並不是全部；除了解謎之外，推理小說還包括了各個相關角色對謎題的反應、看法，角色們在故事行進當中的心境轉變——以〈我們和他們〉而言，就是這樁五屍命案對鈉星警方及探長、鈦星偵探、死者的家人朋友，甚至雙星政府所產生的影響。」

「除此之外，」阿鬼在信末寫道，「場景和情節如何發展也有關係；事實上，這也是我認為目前進度只到第二幕開頭的原因。」

她記起阿鬼提過「三幕劇」，想了想，決定主動發問，「如果照你說的三幕劇結構進行，你認為〈我們和他們〉接下來會如何發展？」

「我不想影響作者。」阿鬼這次回得簡短。

「請你不吝提供意見。」她這次回得迅速。

「去問編輯。」阿鬼的回信馬上出現。

「我只是個創作新手，沒有編輯幫忙；」她不屈不撓，按下發送鍵前又補了一句，「我真的需要協助，麻煩你。」

阿鬼沒有回應。她覺得納悶：阿鬼的個性似乎變來變去，一下子樂於助人，提供詳盡的解說，態度也不高高在上、很有禮貌，一下子又十分冷淡，回覆惜字如金，態度非常斬釘截鐵。

她等了幾分鐘，開始覺得可能不會收到回信的時候，信箱裡出現了連載平臺的轉寄郵件。

「我提供自己原來的想像，您做個參考；」阿鬼的信如此開始，「只是照我的揣想，故事肯定無法在接下來的兩回連載當中結束，假使您有興趣照這個方向往下寫，就得大幅改寫您原來的故事結局。」

「從〈我們和他們〉的場景設定方式以及您使用的作者照片來看，我大膽地推測，您讀過勒瑰恩的作品《一無所有》。」阿鬼寫道。

有這麼明顯嗎？她露出苦笑。

「當然，我並不是指稱您抄襲勒瑰恩的創作；您的雙行星設定當中，加入了許多不同的創意，我個人非常欣賞。事實上，我認為您的設定反應了目前臺灣的某些政治局勢。」

嗯？她好奇起來。在做設定的時候，她的確加入了一些自己從新聞裡看到、想到的事，不過放在架空的世界裡，她原來以為不會有人注意。

「以《一無所有》為例，這個故事裡的場景設定，提及行星和衛星政權各有不同政治體系，故事的情節，則由衛星安納瑞斯的科學家薛維克研究的『共時理論』帶出來。薛維克的『共時理論』可以超越光速限制，提供跨星系的同步通訊，但安納瑞斯政權強烈排外，認為他的理論毫無用處，迫使薛維克違反安納瑞斯傳統，前往行星烏拉斯尋求支援，卻在不同的政體當中遇上麻煩。」

阿鬼看起來對《一無所有》很熟。她幾個月前在書店讀完《一無所有》，現在已經想不起裡頭的行星和衛星叫什麼名字了。

「《一無所有》的整個故事，看起來是薛維克在兩個政體當中的奮鬥過程；就像〈我們和他們〉的整個故事，講的會是鈉星探長以及鈦星偵探，對五屍命案的偵查過程。」

的確如此。

「但是，薛維克的經歷，並不是《一無所有》的主題。」

啊？她眨眨眼。這是什麼意思？

「絕大部分的故事有五個基本組成元素：前提、主題、場景、角色、情節；這五個元素互相影響，如果結合得巧妙，就會形成好故事。」阿鬼的信看起來像寫作講義，「《一無所有》的主題，是探討資本主義社會與共產主義社會之間的各種狀況。所以勒瑰恩在兩顆行星上設定了這兩種政治體系，讓薛維克去體驗箇中的不同。」

是這樣嗎？她睜大眼睛。讀《一無所有》的時候，她從沒想過這個層面。

「換句話說，《一無所有》的情節，是由主角和場景設定共同帶出來的；而主角和場景，又是依照主題設定的。我開始讀〈我們和他們〉的時候，覺得場景設定很有巧思，鈉星探長的設計也挺有意思，所以認為您也會在故事當中表現雙行星之間不同政治立場的衝突。也就是說，照我原來的想像，鈦星偵探在第二幕登場之後，和鈉星探長之間會有需要合作又彼此猜忌的情況，同時因為死者當中有鈉星人也有鈦星人，所以兩星政府可能也會有所動作。第二幕會因此出現兩個角色對於案件證據及政府指示的不同看法，可能會找到新線索，也可能會牽扯進更多相關勢力，最後兩人達成某種共識，才在第三幕開始解謎。」

聽起來好像很複雜。她覺得眼睛乾澀，眨眨眼，看看鐘，時間已經過了午夜。

幸好阿鬼的信只剩下最後一段。

「如果您喜歡讀科幻作品，或許可以讀一下艾西莫夫的《鋼穴》。這個故事也有兩個立場不同但必須合作辦案的主角，艾西莫夫的筆法很輕鬆，您應該可以很快讀完，相信對您會有些幫助。」

她到網路書店下單訂了《鋼穴》，然後打了個呵欠。

阿鬼寫得很詳細，但她讀完之後，一時還想不到什麼具體的做法。距離下回連載上線的時間還有一個多禮拜，她在心裡估算，如果這個週末前讀完《鋼穴》，週末重擬大綱、開始動筆，那麼下個週末前還是可以寫完進度，如期上線；如果讀完《鋼穴》還是沒什麼想法，就再請教阿鬼有沒有什麼建議。

起身伸了個懶腰，她把上班時的隨身物品放進手袋，從衣櫃裡拿出一套內衣褲。她習慣早起洗澡後再出門上班，先準備好換洗衣物和手袋，才不會在剛起床半睡半醒間丟三落四。

把內衣褲放進浴室層架，她想起男友幾個月前的「內衣推理」。

走出浴室，她看看在床上熟睡的男友。男友究竟是從什麼線索推理出她穿了粉紅蕾絲內衣？她一直無法理解。

「你到底是怎麼推理的啊？」她輕輕地問。

男友頭一歪，發出巨大的鼾聲。

「謝謝你的建議，我讀完《鋼穴》了，真的十分有趣；你提到鈦星偵探應該會對鈉星探長提供的線索有所懷疑，我也覺得很有道理，下一回的連載，我打算就從這裡開始寫。問題是，我不確定接下來會發生什麼事？鈦星偵探認為不能完全相信自己拿到的資料，表示他不會光用這些線索來推理，但然後該怎麼辦？」

她從便利商店拿回《鋼穴》的隔天就把書讀完了，艾西莫夫的寫作方式十分直截明快，她讀得非常開心。想想，這個故事雖然發生在科幻世界，但卻是她讀的第一本推理小說。

只是讀得開心是一回事，從閱讀中想出自己的小說應該怎麼發展又是另一回事。已經週四了，如果她沒法子在週五之前想出具體的方向，兩個週休假日就來不及查資料和重擬大綱，這樣的話，一週後的連載就會開天窗。

或許專業的作者可以快速舉一反三、從自己的閱聽經驗裡找到應有的助力，但她很明白自己還不到那個火候。

想要趕上進度，最快的方法，就是請教阿鬼。

「要讓角色自然、合理地行動，就要在設定角色之後，以角色的身分和個性去揣想。」阿鬼像個有問必答的老師，「但您的鈦星偵探尚未登場，所以我並不知道他的個性如何，也不確定他會怎麼做。不過鈉星探長已經出場一段時間，從他對案件的追查態度，以及想要打破政治僵局找鈦星偵探協助的舉動上，我認為他是個熱血耿直、辦案時會投入百分之百心力的警務人員。或許您可以將鈦星偵探設計成一個比較懶散、不守常規，但心思細密的角色，講話比較譏誚，那麼就會和鈉星探長產生對比，兩個角色之間也會有不同衝突。」

她想起《鋼穴》裡的兩個主角，一個是討厭機器人的傳統警探，另一個則是就事論事的機器人，兩個角色之間的確會有些意見不合，而這些意見不合都能把情節向前推動。

「另外，您也可以從已經很完整的場景設定，去安排他們接下來會面對的情節。」阿鬼繼續寫道，「您已經寫到，鈉星探長必須在有限制的情況下將線索交給鈦星偵探，所以我想，鈦星偵探只會看到書面資料和鈉星探長的轉述補充，不會拿到實際的證物，也不會有機會詢問證人——如果您按照原計畫使用『安樂椅神探』的形式解謎，就會有這樣的發展。但是照理來說，現實生活裡如果要將嫌犯定罪，需要有實質的證據，加上鈦星偵探也會因為政治情勢的關係存疑，所以您需要的情節，就可以從這樣的場景設定裡發展出來。」

「讓鈦星偵探懷疑資料，這點你之前提過，我也覺得有道理。」她想了想，繼續發問，「但是因為原來打算用『安樂椅神探』的模式解謎，所以在已經刊出的連載裡頭，鈉星探長手上的鑑識資料都是正確的；加上他為了破案，還設法打破政治僵局去求助於鈦星偵探，所以也沒必要提供有問題的資料給偵探。這怎麼辦？」

「這可以回到您的角色設定來考慮——如果鈉星探長並不像先前表面上看到的那樣正直，而是另有算計，那會如何？如果鈉星探長其實對鈦星偵探懷抱私人仇恨，那又會如何？」阿鬼答得輕鬆，「或者，不需要把角色設定變得太複雜，光靠現有的場景設定，也有解決的方法。」

真的嗎？她睜大眼睛。

「因為死者和嫌犯當中都有鈦星人，所以就算鈉星警方提供的資料沒有造假，鈦星政府或者偵探，也應當要主張親自檢驗證物及詢問證人，如果目前證據對鈦星嫌犯不利，那公權力就更該堅持介入——畢竟這起案件的受害者也多，而這兩顆行球的政治關係微妙，兩邊政府都該謹慎行事。而且鈉星警方擁有檢驗證物的鑑識技術，不代表鈦星偵探會因此認為資料內容是對的。」阿鬼解釋，「對鈦星偵探而言，鈉星警方的鑑識技術只是鈉星單方面的宣稱。舉例來說，〈我們和他們〉裡鈉星警方在綑綁受害者的膠帶上採集到ＤＮＡ，按照鈉星的處理程序完成鑑識報告，對鈉星探長而言，這報告當然沒有問題。但如果鈉星的處理程序是鈦星認為已經過時的舊方法，或者是鈦星沒聽過的新技術，那麼對鈦星偵探而言，這份ＤＮＡ報告自然就不可盡信。證人的證詞也一樣，不同的人在不同的情況下詢問，可能就會得到不同的結果。這些都會左右偵探的推理，也是我認為不宜使用『安樂椅神探』形式的主因。」

「其實，」阿鬼最後寫道，「您的場景設定可以提供非常多的發展可能。您沒有講太多關於受害者的背景，也為了不讓讀者太快看出凶手，所以沒提什麼與鈦星父子三人組相關的事。但在不安定的政治局勢下跨星從商，這些角色可能會與許多不同的勢力有關；鈉星政權是名為共產的極權體制，鈦星則是開始民主化的封建社會，您可以找現實當中的類似資料來參考，相信也會對創作有幫助。」

她把換洗衣物放進浴室，刷牙洗臉，坐到床沿，長長地吁了口氣。

「累啦？」還在玩手機遊戲的男友沒有抬頭，只有開口，「再撐一天就週末了。」

「週末我要重寫大綱。」她道。

男友放下手機，「妳要修改？」

「不只修改，」她點點頭，「篇幅還會增加很多。」

「那原來的謎底還能用嗎？」男友問，「妳要自己增加推理情節？」

「還是可以用，不過那個不會是最後的解答。」

「什麼意思？」

她剛要回答，忽然想起另一件事，「我問你，你那次為什麼會知道我穿哪件內衣？」

「啊？喔，那個；」男友愣了一下，然後裝出正經的表情，「就說是推理出來的嘛。」

「你哪有什麼線索可以推理啊？」她瞪男友，「如果真有的話，說出來讓我參考一下嘛，說不定可以寫進故事裡。」

男友噗嗤笑出聲來，「這個不能寫進故事裡啦。」

「到底是什麼啦？」她加重瞪視的力道。

「好啦，我的確不是推理出來的；」男友舉手投降，「那天凌晨，我起床上廁所，看見妳放在浴室裡的內衣，忽然好奇：如果我換掉一件，妳會不會發現？」

「所以那件粉紅蕾絲內衣根本就是你放的？」她腦中靈光乍現。

「對呀，所以我說不能寫進故事裡啦。」

她看著男友，露出不可思議的眼神，「這個可以用耶。」

週五晚上，她一面查資料，一面覺得故事的開展方式漸漸明朗。

在雙行星的政治氛圍當中，在兩星之間做生意的商人，必須與許多勢力接觸——大小政客、地方財閥、合作廠商，甚至黑道分子。如果命案是其中的某些勢力所為，那麼除了現場被劫掠的財物之外，就還會有其他犯罪原因；而這些勢力也有可能會故布疑陣，例如假造證據或收買證人，誤導偵辦方向。

鈉星探長礙於現行法令，無法將證物直接帶給鈦星偵探，接下來她打算讓鈦星偵探依資料推理出嫌犯，卻不認為這些資料能夠盡信。

鈦星偵探對鈉星探長舉出各種勢力介入的可能之後，鈉星探長認為有必要請鈦星偵探到鈉星一趟，但又不確定必須防範哪些組織，而且自己請鈦星偵探協助一事，已經成為兩顆行星上的重要新聞，媒體都在關注後續發展，如果讓鈦星偵探前往鈉星調查，可能涉案的勢力一定會有所警覺。

經過討論，兩人擬出策略：鈦星偵探先發表「凶手就是鈦星父子三人組」的結論，但暗中動用關係，延遲審判日期，接著使用假身分進入鈉星，與鈉星探長碰面。與此同時，鈉星探長必須進行自己生平首次的非法行動：向上級謊報結果、掩護鈦星偵探，並且提供實證及證人名單。

在兩人的合作下，鈦星偵探會查出一個橫跨雙星的洗錢集團，而鈉星探長則會發現，這個洗錢集團與遇害的鈦星商人有金錢往來，並且循線確認：警署的總監就是洗錢集團的幕後老大。

總監曾經與鈦星父子三人組結過仇怨——這三個鈦星人幾年前協助一批鈉星人「脫鈉」，也就是逃離鈉星、偷渡到鈦星，但他們並不知道，偷渡者當中有一個是總監的女兒。女兒叛逃讓總監背負了對政府不忠的指控，仕途大受影響，多年以來，總監未能繼續升遷，一直對此懷恨在心。

洗錢集團與鈦星商人發生衝突、進而殺人之後，總監刻意在證據上製造疑點，意圖模糊偵辦方向，不讓洗錢集團曝光，並且確認如果有人依此做出判斷，就會認定罪犯是鈦星父子——如此一來，阿鬼指出「證據看起來像刻意安排的結果」一事，就有了合理的解釋；而總監安排證據、控制推理方向的手法，則是她從男友偷換內衣一事得到的靈感。

「寶貝，該睡了。」男友穿著四角褲走出浴室。

「我還在查資料。」她盯著電腦螢幕，沒有回頭。

幾個小時前，她已經將大致整理出來的大綱走向寄給阿鬼，聽到男友把自己摔上床的聲音，她看看信箱，並沒有看到回信。

其實阿鬼已經幫了很大的忙，不但建立了她對故事組成元素的基本認知，也指出了這個故事合適的發展方向。就算阿鬼不再提供協助，她也有信心可以自己一點一滴地把故事建立起來。

男友從床上坐起來，抱怨自己不該勸她寫連載，「……不寫連載，妳就不會認識那個網友了。」

「人家只是好心幫忙而已。」她笑了，心裡明白自己說的是實話。

事實上，她有種預感：阿鬼已經完成當初與她聯絡時想達成的目標，今後她不會再收到阿鬼的信了。

「神神祕祕的，」男友哼了一聲，「哪會安什麼好心？」

「吃醋了？」她逗男友。

「沒有。」男友頓了一下，續道，「我只是心疼妳寫得太累。」

「要上班又要寫連載，的確比較累，但是……」她想向男友解釋自己在找到方向後、看見故事全貌慢慢變得清晰的興奮，卻又覺得很難三言兩語就講明白。她停下來想了想，露出微笑，「……但是，我現在才確切地感受到：我正在寫小說呢。」

「啊？」男友滿臉疑惑。

「而且我也發現，原來自己從前讀小說，都只讀到表層；」她續道，「好小說其實會挖掘出深層人性，甚至還會反映社會的政治現實。」

「哪有這麼複雜？」男友皺眉，「我讀推理小說的時候，人性什麼的是會感覺到啦，但哪有什麼政治現實？」

「下回我們一起讀推理小說，再來討論這個。總之是要謝謝你啦；」她走到床沿，在男友臉上用力啞了一個吻，「我寫得很開心。」

「真的嗎？」男友笑咧了嘴，拉住她的手，「來抱抱。」

「好呀；」她俏皮地眨眨眼，「不過先等我寫完大綱再說。」

大大的小黃

05

他們砍光所有的樹，放進博物館；
想看樹的人，得交一塊五的入場費

〈Big Yellow Taxi〉
by Joni Mitchell

Big Yellow Taxi

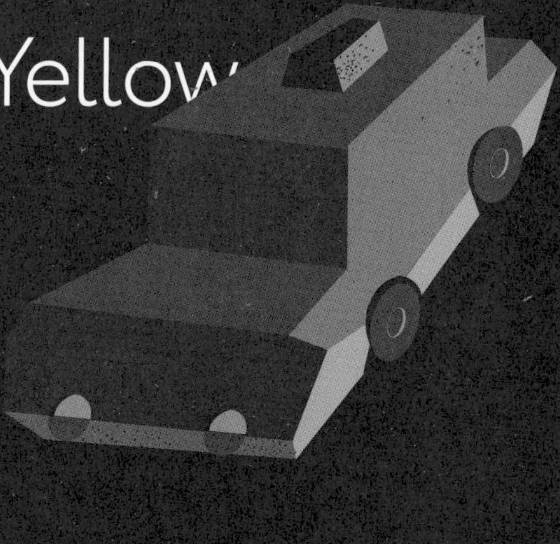

晚上九點半左右，巷子裡很安靜。

這個住宅區白天外出工作上學的住戶都已返家，吃完晚飯，各自看著連續劇或試著填滿作業簿的空白，只有一個剛從補習班離開的小學生，低頭走路，任剛聽到的解題方式和剛問到的電玩技法在顱腔裡撞來撞去。

緊急煞車。一聲爆響。

小學生嚇了一跳，回頭張望。

一部計程車歪斜地停在小學生身後不遠處。事後回想，小學生無法確定自己先聽到的是煞車聲還是爆響，也不清楚車裡的情況，但很確定司機出事了——因為小學生看見一名長髮男子匆匆下車，快快地左右張望，急急地朝巷口離開；路燈慘白的光籠罩那塊區域，小學生看見長髮男子手上的東西映出一點點金屬光亮。

「槍！那個人剛剛開槍！」這個念頭在小學生腦中炸開的剎那，小學生看見方才長髮男子拐出去的巷口閃進一部摩托車。

摩托車上有兩名青年，看見橫在巷道中的計程車時明顯吃了一驚，摩托車左右搖了幾下；他們歪歪車身繞過計程車，停在小學生身旁，「怎麼了？發生什麼事？」

「那個人開槍了！」小學生指著巷口，「我看見了！」

「啊？」坐在後座的青年跳下座位，快步跑向計程車，朝駕駛座看了一眼，向後彈開，「幹！真的有血！」

「你說誰開槍？」摩托車騎士問小學生。

「剛跑出巷子的那個人！」小學生仍指著巷口，「長頭髮那個！」

「你回去找大人報警，」摩托車騎士將車調頭，「我們去追。」

摩托車急衝急煞、繞回計程車旁，另一名青年敏捷地跳上後座，摩托車騎士右腕一轉，朝巷口疾奔。

他的短篇小說〈大大的小黃〉拿下文學獎首獎，連他自己都覺得很意外——畢竟這是一篇推理小說，而他認為主流文學獎一向不重視大眾文學。當初投稿，只是覺得反正寫都寫了，不如試著參賽，沒拿獎是意料中事，拿了獎不但會是驚喜，還能賺到一筆獎金，總之沒什麼損失。

〈大大的小黃〉以夜裡一樁計程車司機槍擊案開場。

摩托車二人組在隔壁巷子追上凶手，不過凶手拔出手槍朝他們晃了晃，二人組很識相地停下摩托車，看凶手鑽進另一條巷子。二人組回到計程車旁，司機仍然癱在駕駛座上，小學生已經不見蹤影。二人組面面相覷，聽到警笛聲由遠而近。

警方查出被殺的司機綽號鋒仔。根據巷道裡不很清楚的監視錄影書面，加上小學生及摩托車二人組的描述，警方找來人像畫師，畫出長髮凶手的長相，開始緝凶。

幾個月過去，一無所獲。

警方將凶手的畫像及監視畫面印成懸賞海報，在媒體發布、四處張貼，收到一些疑神疑鬼的回報，但沒有任何進展。

在承辦警員眼中，這樁案子已經漸漸冷掉了；沒想到，新線索居然在看起來毫不相關的地方出現。

「本作在有限的篇幅中創造大量轉折，同時兼顧劇情合理及敘事流暢，加上文字使用精準，具備寫實美感，實屬難得。」決選紀錄中，有位知名作家評審如此讚譽，「本作從日常所見的場景出發，馬上引爆事件，節奏控制令人眼睛一亮。在劇情看似陷入膠著的時候，又從意想不到的方向加入新線索，不但與時事貼近，而且推理嚴謹，是一篇難得的短篇佳作。」

第一次讀到這段講評時，他覺得十分得意，後來幾次重讀，深深覺得這位也寫過推理小說的文壇前輩真是講到了重點。寫作之前他就做了不少調查，在情節安排上費了很大的苦心，在推理過程裡也安排了足夠的證據，因為他認為有些重視解謎的推理作品，作者干預的痕跡實在太過明顯，讀起來一點趣味也沒有。

這回文學獎的得獎作品將會集結成冊，同時收錄各篇作品的決選講評，出版紀念合集；他剛接到出版社的消息，說合集的編輯作業已經完成，稿件檔案已然送印，下週就會在各大書店上架。

我要正式進入文壇啦！他一整天都非常開心，直到晚上收到那封電子郵件。

郵件內容很短。

「阿桂不是凶手。」

〈大大的小黃〉故事的轉折點來自一宗抗議事件。

城裡一項大型建案正如火如荼地進行，原址周邊的大批行道樹將被移地另栽。由於缺乏有效的監督機構及法律保障，城裡先前遇到這類情況的老樹，大多在移植後不久死亡，是故護樹團體竭盡所能地為樹請命，並且請專家提出不需移植一樣可以施工的方案，但建商不為所動，執意移樹。護樹團體的抗議行動因而開始升溫，不但鎮日駐守在老樹附近，還與警方產生肢體衝突。

警方把幾個動作比較激烈的護樹志工帶回警局，一名刑警走過，忽然覺得有個長髮志工看起來頗為眼熟。

處理了一會兒手頭上的瑣事，刑警猛地明白自己為什麼會覺得長髮志工眼熟。因為志工看起來就像人像畫師筆下鋒仔一案的凶手。

志工名叫阿桂，是個前科犯，幾個月前假釋，算算時間，鋒仔一案發生時，阿桂已經出獄。警方拿到阿桂假釋後到照相館拍的證件照，雖然髮長不同，但照片裡的人看起來與畫像相似度更高。

鋒仔被殺之後，警方在計程車裡沒有找到手機，一度覺得十分疑惑：鋒仔是計程車駕駛，身邊不大可能沒有手機，所以當時警方就曾推測，或許凶手先前與鋒仔通過電話，所以在行凶之後，細心地將內藏通聯紀錄、可能把自己捲入事件的鋒仔手機一併帶走。

阿桂被逮捕後，警方拿到阿桂的手機號碼、聯絡系統業者，找出阿桂出獄後的通聯紀錄，發現案發當天，阿桂曾經與鋒仔通過電話。

這個發現將鋒仔和阿桂連結了起來，但卻帶出另一個問題：根據發話地點顯示，兩人通話的時候，阿桂人在外縣市，兩地車程應該超過一個小時。阿桂和鋒仔通電話的時間是八點三十分，案發的時間則是九點半，照這樣推算，阿桂不大可能犯案。

警方對阿桂進行偵訊，阿桂坦承與鋒仔是舊識，幾個月前，阿桂到外縣市訪友，本想找鋒仔一起喝酒敘舊，但鋒仔說自己正在工作，沒有赴約；而自那通電話之後，兩人沒再聯絡。

計程車上沒有阿桂的指紋，採集到的毛髮與阿桂的DNA不符，阿桂的身上和住處都找不到凶槍，警方甚至對阿桂進行測謊，而阿桂也通過了。

案情露出的曙光似乎一閃即逝，但警方沒有放棄。

阿桂從抗議現場被帶回警局、銬在長椅上的時候，警方已經拍過照片，刑警將這張照片混在其他三張大頭照裡，找目擊案發現場的小學生和機車二人組到警局指認，三個人都篤定地指出阿桂就是那晚他們看到的凶手。刑警還循線找到一名鋒仔和阿桂共同認識的女子盼盼，盼盼一看到監視影像和凶嫌畫像，便脫口而出「這是阿桂嘛！」

四名證人指認阿桂後都在「指認犯罪嫌疑人紀錄表」上簽了名。證人的指證成立，要將阿桂定罪，只剩找出阿桂的行凶動機和犯案的時間問題。

根據盼盼的說詞，阿桂入獄前，曾和鋒仔一起參加護樹團體的行動，鋒仔還曾經是幾次行動的發起人之一，不過在遭到殺害之前，似乎已經不再那麼熱中。

送走證人的時候，刑警聽到小學生形容鋒仔的計程車是「大大的小黃」，想到一件事。查找資料，刑警發現鋒仔的計程車是案發前剛購買不久的新車，貸款不多，表示鋒仔先付了不少頭期款；進一步追查鋒仔帳戶，刑警得知在買車前不久，鋒仔的帳戶有筆不尋常的入帳。

此外，一名參與偵辦的資深員警表示，阿桂與鋒仔講手機的發話地點和案發地點之間，想像起來需要一個鐘頭以上的車程，但倘若知道怎麼鑽小巷子躲紅燈，就可以在實際行駛的時候縮短到一個鐘頭以內。

為求謹慎，刑警按照資深員警提供的路線，算出路程的實際長度，再用高速公路和市區道路的平均車速計算所需時間，發現的確可以在五十五分鐘左右抵達。

刑警知道自己破案了。

將所有證據整理清楚，刑警認為，鋒仔在幾個月前接受建商資助，用建商給的錢當頭期款購入新車，因而淡出護樹行動。

雖然找不到凶槍，但阿桂先前就因傷害罪入獄，所以有管道可以拿到槍枝。那天阿桂打電話給鋒仔，坐上那部鋒仔放棄理念換來的「大大的小黃」，兩人談到護樹行動，一言不合，衝動的阿桂因而槍殺昔日好友，取走鋒仔的手機後逃逸。

他重讀一遍自己的小說，看不出整個推理哪裡有漏洞。

這個寫電子郵件來的人是誰？沒有署名，他也沒見過發信的電子郵件帳號。

如果他的推理沒有問題，那麼阿桂肯定就是凶手，為什麼這個人會持反對意見呢？

難道因為阿桂參與了護樹行動，所以這個人就認為阿桂不可能殺人？

這是很明顯的誤解啊。不管是什麼樣的性別、有什麼樣的性傾向、信奉什麼樣的主義、關心什麼樣的議題，只要是人，就有可能殺人啊。

「你好。收到來信之後我重讀拙作，撇開我就是作者這件事不談，就故事情節而言，阿桂肯定是凶手。我明白你或許對我將一個護樹志工寫成殺人凶手感到不滿，但無論是怎樣的人，都有可能在某些時刻犯錯。謝謝你的來信，希望這樣的解釋能讓你滿意。」

他按下回覆鍵的剎那，好奇地想：這個人能不能接受他的解釋呢？如果再寫信來，他還要不要回呢？

這些好奇沒有持續太久。電腦螢幕上彈出視窗，通知他有封新郵件。

「您好。抱歉上一封信忘了自我介紹，我是阿鬼，最近拜讀大作，發現其中的推理過程有點問題，所以寫信給您。我認為阿桂不是凶手，並不是因為他是護樹志工；誠如您所說的，任何人都可能在某些時刻犯錯，就算他是個愛樹之人，也不會例外。」

這回的信看起來沒那麼粗魯突兀，而且信件的開頭讓他有點訝異。不是這個原因？那是什麼緣故？

「我認為阿桂不是凶手的主要原因，在於〈大大的小黃〉推理過程有瑕疵，而且不止一處。舉例來說，您在文中提到，阿桂假釋時去拍了證件照，這顯示您做過功課，許多假釋犯的確會先去拍照。但拍照時短髮的阿桂，為什麼在不久之後行凶時就變成長髮？」

他覺得自己背上浮出一層冷汗。

對啊，這說不通啊，怎麼會有這麼明顯的漏洞？不不，應該有辦法解釋的，「我認為阿桂戴了假髮，當作行凶的偽裝。」他快快回信。

「不可能。」阿鬼的回覆也很快，「故事裡的刑警推測阿桂和鋒仔是一言不合才衝動行凶，既然不是預謀，阿桂就不會事先偽裝。就算阿桂覺得剛假釋的平頭不好看，所以戴假髮遮掩，那麼他在把處理凶槍的時候，就應該順便處理假髮，例如把假髮扔掉。而且，既然他長髮的模樣已經被至少三個目擊者看見、也出現在懸賞海報及人像素描裡，他後來還把頭髮留長，也說不過去。」

戴假髮的確不合理，他也知道，這只是剛剛情急之下想到的說詞。「沒把阿桂行凶時的髮長想清楚，確實是我疏忽了；」他一向勇於認錯，只是敲鍵盤時還是覺得有點不甘心，「不過除此之外，其他證據仍然都證明阿桂就是凶手，並不會對故事結局造成影響。」

「故事裡的疏漏不只頭髮長度，還有其他問題，例如手機。」阿鬼指出，「您的小說裡提到，警方一開始沒找到手機，曾經感到疑惑；其實在這個時候，警方就可以去調通聯紀錄了——向系統業者調閱通聯紀錄與手機無關，只要警方查出鋒仔的手機門號就可以做。不過這個問題的確不會有太大的影響，因為不管什麼時候調閱通聯紀錄，都不會影響『發話地點』這個關鍵證據，但是故事裡的其他推理問題，影響就很大了。」

還有別的問題？他皺著眉頭讀完阿鬼來信的最後幾個字，「例如行車時間。」

他認為自己在〈大大的小黃〉裡計算行車時間的方法十分科學。

從阿桂的發話地點到鋒仔的案發地點，按照資深員警提供的路線，需要行經高速公路六十七公里，以及市區道路十一公里。高速公路局公布的數據指出，該段路程的行車時速大約在九十五到一〇五公里之間，紀錄上的平均時速是九十七點五公里；市區道路的行車時速較不精準，大約在三十到六十公里之間，算起來平均時速是四十五公里。

照這個數據計算，整段路程當中，高速公路會用掉大約四十二分鐘，市區道路則會用掉大約十五分鐘，加起來是五十七分鐘；也就是說，阿桂當然可以在與鋒仔通電話後趕到案發現場，開槍行凶。

「我明白您的計算方式，但這計算方式是錯的。」他向阿鬼重述自己對行車時間的估算方法之後，阿鬼在回信裡解釋，「倘若我們用最高時速來計算，那麼整段路程只需要大約五十分鐘，用最慢時速來計算，則需要六十五分鐘——中間有十五分鐘的差距，範圍太大。阿桂如果開車快一點，這個數據就變成不利的證據，開得慢一點，就變成有利的證據；問題是，我們根本不知道阿桂當時開車是快是慢。」

他在螢幕前讀信，覺得口乾舌燥。

「您用來計算的時速基準只是一個粗略的估計，真實情況可能完全不是如此，因為行車速度會與車況、路況等等變數相關，平日假日、尖鋒離鋒，車速都會產生不小的變化。」阿鬼在信中寫道，「假設真的要用這類方法估算行車時間，刑警應該要調出那一天那個時段的路段監視紀錄，才有辦法估出一個真正的『平均車速』。高速公路應該有這類紀錄，但鑽巷子走捷徑的市區道路就不大可能會有；再說，就算估出了比較合理的『平均車速』，仍然有可能與真正的行車時間完全不同。」

阿鬼的下一段話，再度讓他冒出冷汗。

「除此之外，凶案發生在鋒仔的計程車上。假使阿桂是凶手，他也不是從發話地點一路開車追到案發地點行凶，而是要先開一段路之後，在某個地方坐上鋒仔的車，到了案發地點後才開槍。阿桂停車需要時間，停車後等鋒仔開車來接需要時間；就算這兩個時間都很短，例如鋒仔在路邊先幫阿桂占好停車位、阿桂停車後立即坐進鋒仔的車，那麼從這個時段開始，開車的人是鋒仔，行駛的路線和速度都不是阿桂能掌握的。是故，計算行車時間看起來是個堅實的證據，但事實上它什麼都證明不了。」

怎麼會有這麼大的漏洞啊！他抓著頭，想了想，鍵入回信，「不過我安排了資深員警的證詞，對這個證據而言應該有幫助啊。」

「上一封信裡，我提過行車時間是個無用的證據，所以不管資深警員如何證明兩地之間可以在一小時內到達，都沒有任何意義。」阿鬼的回信直截了當。

那該怎麼辦？這篇作品就快要出版了！自己進入文壇的第一篇小說，就是這樣漏洞百出的東西嗎？

他離開座位，在電腦前踱來踱去，想不出什麼補救的方法。過了一會兒，視窗再度彈出一個通知。

難道阿鬼有什麼解決之道？

他急急點開郵件，只看到一句話。

「你的證人全都有問題。」

隔天下課之後，他到一家小書屋找書。

書屋雖然不大，但店內全是推理相關作品，想找推理小說的話，這裡的書目絕對比大型連鎖書店齊全；如果想要找的小說，是一般網路書店已經不再販售、只能等二手書的絕版品，那在這裡直接找到現成書本的機率也比其他地方來得大。書屋大部分的書是非賣品，採會員訂閱制，他先前就是會員，常到書屋找資料，雖然不能買回家，但對他這種資金有限、租處狹小的學生而言，其實十分方便。

這天會到書屋找書，原因是前一晚與阿鬼往返的幾封電子郵件。

「〈大大的小黃〉裡一共有五個證人：小學生、機車二人組、盼盼和資深警員，你的意思是這五個證人的證詞都有問題嗎？」

昨晚他回信給阿鬼，不確定自己是想求教還是想駁斥。

阿鬼的回信仍然很簡短，「西村京太郎《七個證人》。美劇《In Justice》。」

他讀過好幾本西村京太郎的作品，尤其喜歡西村京太郎筆下那些發生在鐵路上的謀殺案件。

據說西村京太郎因為要到各地旅行、經常坐火車，等車時橫豎無事可做，就看列車時刻表打發時間，沒想到居然從列車時刻表裡想出好幾個不可思議的詭計，寫出好幾部暢銷作品。這些作品裡的凶手其實都不難猜，但是西村京太郎利用列車時刻表中不明顯的時間差或者某些列車的特點，替凶手製造了牢不可破的不在場證明，所以閱讀的趣味，就在看故事裡的警部和刑警如何從一些難以察覺的細節裡拼湊出破案關鍵。

他試圖在〈大大的小黃〉裡置入因時間差而產生的不在場證明，多少受了西村京太郎的影響，雖然沒有設計出那麼複雜精巧的詭計，但在與阿鬼通信之後，他明白自己的主要問題並不在詭計不夠精密。

西村京太郎使用火車設計詭計，離站、行進、到站等等相關時間，都比他使用的汽車精確許多，也都會留有相關紀錄，是故推理的時候，不會出現阿鬼指出的那些不合理。當初他覺得如果自己也寫一個鐵道詭計，難免被讀者拿去和西村京太郎作品比較、然後認定他的設計較差；現在想想，自己刻意選用汽車，反倒不是個適合這個詭計的決定。

問題不在詭計的精密與否。就算他寫出更精確的時間差謎團，使用汽車仍然不是恰當的選擇。他的問題，在於沒有選對犯罪場景的組成關鍵。

不過他沒讀過阿鬼信中提及的《七個證人》。收到阿鬼的信之後，他在網路上搜尋，發現這本書已然絕版，所以決定到書屋碰碰運氣。

此外，他查出阿鬼說的美國影集《In Justice》在二〇〇六年上映，只播了一季，他沒看過，網路上一時也找不到盜版資源，倒是有些描述資料，介紹這部影集的背景設定：一名退休警探和一名律師聯手，成立了一個專門替冤罪翻案的組織；每一集的內容，就是他們受理申訴之後的調查經過。

一面瀏覽資料，他一面想起班上那個被稱為「美劇達人」的同學，趕忙撥手機詢問。「美劇達人」名不虛傳，不但看過這部影集，手邊還留有檔案。他問美劇達人說待會兒能否帶顆行動硬碟過去拷貝檔案，美劇達人回道沒有問題；掛斷電話前他忽然想起什麼，又問，「你讀過《七個證人》嗎？」

「那是什麼？」美劇達人反問。

「推理小說。」他答。

「小說？」美劇達人哈哈兩聲，「我看劇的時間都不夠了還讀什麼小說？」

他快快讀完《七個證人》，伸了個懶腰，發現書屋打烊時間快到了。聚精會神地讀了兩個多小時，加上前一晚熬夜看了幾集《In Justice》，他覺得雙眼又熱又乾。雖然因為讀得浮略，所以或許沒能注意到所有細節，但他已經明白阿鬼的用意。

而且他認為阿鬼的想法是錯的。

●

「我知道你要我看書和影集的原因了。」回到租賃的雅房，他打開電腦寫信給阿鬼。

《七個證人》與西村京太郎以鐵道詭計為主的小說不同，結合「孤島」和「法庭」兩種推理類型，講的是一樁謀殺案的七名目擊證人，在一年後被集合在某個特定場景，證人們看似完整的證詞被神祕的老人佐佐木一一找出破綻，謀殺案件開始翻轉出真相。

而《In Justice》影集當中，主角受理的冤案，大多是已然審理完結、被告入獄服刑的舊案，案發現場多數已經有了很大的變化，是故影集中的退休警探除了研究手頭卷宗資料外，也必須去探訪從前的證人，重新確認案情。

阿鬼提到的這兩部作品當中，證人的證詞對於嫌犯是否被法院定罪，都產生關鍵作用，但這些證詞，講的都不完全是事實。阿鬼已經認為〈大大的小黃〉當中，證人全都有問題，舉這兩部作品為例，是想要強調自己的論點。

「這些故事裡的證人常有問題，我明白；」他在信裡告訴阿鬼，「但這無法證明我的故事裡證人也有問題。《七個證人》故事中的每個證人都因為自己的一些私心，對證詞做了一部分自認無關緊要的修改，最後導致嫌犯被判刑枉死；但〈大大的小黃〉當中，證人的證詞其實很單純，沒有什麼改動，兩者無法類比。」

他繼續寫道，「再者，《In Justice》裡有些推翻原始證詞的所謂真相，實在有點太過誇張，例如有一集，證人因為陰影的關係，把白人凶嫌看成黑人，這太扯了啦！我認為編劇這麼寫，只是為了凸顯戲劇張力而已，我在〈大大的小黃〉裡頭可沒寫這樣的情節啊！」

想了一下，他決定這樣替郵件收尾，「謝謝你推薦這些作品給我看，不過這並無法說明為什麼你認為『證人全都有問題』，在這個環節上，你的看法是否不大正確？」

按下發送鍵，他覺得心裡輕鬆了點。

阿鬼的回信過了會兒才寄來。

「提出這兩部作品，的確是希望您能注意『證人』這個環節，因為我認為〈大大的小黃〉當中，證人雖然全都有問題，使得故事的推理不夠完備，但相反的，想要把〈大大的小黃〉變成一個好故事，關鍵也在證人的角色設定裡。」

看來阿鬼完全沒把他的提問當一回事，「全都有問題」幾個字實在很刺眼。他揉揉眼睛，繼續讀信。

「首先，目擊證人當中的小學生及機車二人組，對阿桂的指證都是不可靠的。」阿鬼說明，「小學生聽到煞車聲，回頭看見一名長髮男子匆匆下車跑開。在路燈的映照下，小學生發現長髮男子帶著槍，但是否仔細看過男子的正面？從故事情節推測，可能沒有，因為長髮男子是背對小學生逃走的。所以小學生注意到的，是凶手『長髮』及『有槍』這兩件事，以及凶手逃逸的方向。」

又是一個自己寫作時沒注意到的細節！他嘆了口氣，心想：要是那時多寫幾個字，說凶手和小學生四目相對，那就沒問題了吧？

「接著，是追逐凶手的機車二人組。」阿鬼繼續寫道，「機車二人組在鄰近的巷弄追上凶手，凶手轉向他們拔槍威脅，所以這兩人應該看見了凶手的長相。不過，故事裡沒有講到鄰巷的照明狀況，也沒講到機車二人組有沒有戴安全帽——照理說是該戴著，那麼安全帽是全罩式的嗎？他們有沒戴防風鏡？這些細節都會影響這兩個人視野當中的清晰程度。」

他沒想像過機車二人組戴什麼樣的安全帽。不過阿鬼既然提到這兩人已經與凶手正面對視，他們的指認應該就有很高的可信度了呀。

「用寬鬆一點的標準來說，就算小學生清楚地看到了凶手、機車二人組的視線沒被任何東西影響，他們與凶手面對面的時間，也只有幾秒鐘。」阿鬼彷彿早就算準他會這麼想，「但小學生與機車二人組被找去指認阿桂的時間，已經是案件發生的幾個月後。案發之後，他們向人像繪師描述過凶手的長相，但幾個月後，他們是否還能清楚地記得一張只出現了幾秒鐘的陌生臉孔？」

阿鬼表示，人的記憶其實並不可靠，況且以本案而言，形成記憶的時間太短、召喚記憶的間隔太長，在那幾個月裡，小學生和機車二人組看見那張模擬畫像的次數和時間加起來，比案發當晚親眼見到凶手的時間長太多了。

所以說，小學生和機車二人組指認阿桂，只是因為阿桂和畫像裡的人看起來相似；而雖然畫像是照他們三人的描述畫出來的，但卻很可能並不準確。

他暫停讀信，抓著頭思考。

阿鬼目前反駁的根基，一是認為三個目擊證人不見得看清凶手，二是認為目擊證人後來指認時的記憶已經不大可靠。但話說回來，這也只是阿鬼的推測。他認為阿鬼的懷疑的確比較合乎現實，不過仍然是個推測，算得上是他創作時的小小瑕疵，但不能當成「證人全都有問題」這個說法的鐵證。

畢竟，他安排了三個身處現場的證人；三個證人同時做出錯誤指證的機率，應該不高才對。

不過阿鬼的信還沒結束。

「上述部分算是合理質疑，不過也可以當成只是敘述時不夠清楚明確才造成的問題。誠如您前一封信提到的，這幾個證人的證詞很單純，就小學生和機車二人組這三個碰巧出現在案發現場的證人而言，也沒什麼必要一起在證詞裡作假、陷害阿桂。」阿鬼寫道，「但故事裡出現的指證情節，有很明顯的瑕疵，而這個瑕疵，會對這三個證人做出暗示，讓他們一起指控阿桂就是凶手。」

啊？他不大明白阿鬼在說什麼。

「〈大大的小黃〉裡提到，刑警將阿桂的照片與其他三張不同的照片混在一起，請證人指認，但沒說證人是一起看照片？還是隔離指證？若是前者，那就可能會互相影響——這是另一個沒特別寫明的情節，我們暫不討論，因為就算證人們是在被單獨隔離的狀況下看照片，他們仍然很可能不約而同地指認阿桂。」

古典推理小說裡有時會出現一群人從一堆酒杯中隨意選取某杯，結果其中一人喝酒後毒發身亡的情節；因為拿酒的動作是隨機的，所以會讓人認為下毒者並沒有選中特定對象，但大多數的故事在推理之後，偵探角色都會發現下毒者使用了某種不可思議的技巧，讓特定受害人拿起摻毒的酒杯。

阿鬼說的很像這類詭計，問題是，警察沒道理做這種事，他也完全沒在自己的故事裡安排這類手法啊。

「癥結在照片。」阿鬼解答了他的疑惑。

阿桂的照片是被銬在警局長椅上拍的，其他三張照片都是大頭照——他想起自己在故事裡明明白白這麼寫。

他明白阿鬼的意思了。

四張照片裡，阿桂的照片與其他三人明顯不同。

雖然他沒寫出另外三張照片是否都有類似的外貌特徵，好加強證人指認阿桂的說服力，但四張照片裡，阿桂的照片最容易引起注意，加上阿桂蓄著長髮，更容易加強證人的印象。

他在無意間讓筆下的刑警，做出誤導證人的舉動。

不過他還有兩個證人。

「我瞭解你的意思了，我寫的指認經過會誤導證人；」他回信給阿鬼，「但是我還有另外兩個證人。盼盼並沒有看照片，只看監視畫面和模擬畫像，就說出了阿桂的名字；另外，資深員警提供的行車時間也不是假的，警方沒必要刻意誣陷阿桂。」

「盼盼這個角色很特別，我們可以稍後再討論她的特別之處；」阿鬼回覆，「故事情節提到她的作證經過時，也出現了一個瑕疵——您安排盼盼這個早先就認識阿桂的角色出場，原來的作用是可以強調『畫像和阿桂很像』，但盼盼根本不在案發現場，她為什麼也在『指認犯罪嫌疑人紀錄表』上簽名？這完全不合理。」

「指認犯罪嫌疑人紀錄表」是他翻找資料時找到的東西，表格上方是執行單位及時間等紀錄，中間欄是事由說明以及證人簽名按手印的地方，下方則是被指認的嫌犯照片。

按他原來的想像，小學生和機車二人組在四張照片裡指出阿桂後，會在紀錄表上簽名，盼盼到警局後，則是先看了監視畫面和模擬畫像，然後再看照片，做出指證。重新思索流程，他發現阿鬼所謂的「不合理」部分。

小學生和機車二人組從四張照片裡找出他們認為當晚見過的凶手，盼盼則是已經從監視畫面和模擬畫像裡認定凶手是阿桂了，再從四張照片裡挑出阿桂的照片——盼盼本來就認識阿桂，既然她認為監視畫面和模擬畫像裡的人是阿桂，自然不會挑錯照片，但她根本沒真的在案發現場見過凶手，這個指證也就沒有任何實質意義。

而且他還讓盼盼簽了名。這幾乎算是笑話了。

「我的疏忽真的不少。」他在信裡向阿鬼承認，「但資深警員的部分總沒問題了吧？」

「資深警員關於行車時間的證詞本身沒什麼問題；」阿鬼的信讀起來沒有幸災樂禍的感覺，完全就事論事，「問題在警方處理證詞的態度。」

「假設資深警員的確算過自己開車行駛相同路程所需的時間，也沒打算刻意將阿桂入罪，那麼這個『正確』的證詞是否就該被採信？很可惜，並不盡然如此。」阿鬼這麼說。

第一，阿鬼曾經在先前的信件裡提到，行車時間的估算範圍太廣，無法當成指控阿桂的證據；資深警員的證詞，只能替原先的估算提供實際證據，不能對應到鋒仔案件中的真實情況。

再者，完全依賴證詞，可能反而會偏離真相。

「證詞其實是最薄弱的證據，」阿鬼告訴他，「就算證人與嫌犯、警方之間完全沒有任何利害關係、沒有說謊的必要，目擊現場時的印象也會與證人的視力、記性、環境、天候等等因素有關，不確定的變因非常多。事實上，如果過分倚賴證詞，就可能誤判，造成冤案。」

物證是實際的東西，警方在偵辦的過程中，會利用物證拼湊，還原犯罪過程，找出凶手；但倘若物證當中有些疑點湊不起來、難以說明，就會讓偵查的行動受阻。「在這種時候，證詞或者嫌犯的自白就很好用了；」阿鬼寫道，「因為證詞或自白可以解釋物證當中無法解釋的疑點，就算看起來仍然不合理，但因為是『證人這麼說』或『嫌犯這麼說』，感覺上就可以交代過去。」

阿鬼在信末問，「你讀過日本律師森炎寫的《冤罪論》嗎？」

「沒有。」他承認。

「或許你該讀一下。」

時近午夜。他在網路上搜尋，發現《冤罪論》可以買到電子書。雖然自己習慣讀紙本出版品，但買電子書的話就可以馬上讀，他掏出信用卡，立刻下單。

閱讀電子書沒什麼想像中的不適應——其實他早就習慣在電腦螢幕上查找各類資料和練習創作，電子書的字型與排版甚至優於大多數資料網頁，讀起來沒有任何障礙。

《冤罪論》裡主要講的問題不是證詞，而是嫌犯的自白。遇上物證難以解釋的時候，警方容易倚賴嫌犯自白來解釋案情，但也因此可能會出現誘導、刑求、施壓或曲解自白的情況。

讀著《冤罪論》，他開始明白，阿鬼要他讀這本書的用意，在於書中的實例可以充分證明阿鬼的看法：〈大大的小黃〉當中警方靠看起來最單純、沒有疑點的證詞鎖定阿桂，其實沒有道理。這些他在創作時覺得毫無問題的證人，並沒有他原來以為的那麼值得信賴。

事實上，就算證人沒有問題，〈大大的小黃〉仍有太多他沒注意到的漏洞。髮長的錯誤、時間的計算……這幾天和阿鬼來來回回的信件，讓他明白自己其實在安排情節時太過一廂情願。雖然他自己沒看出來、評審也沒看出來，但阿鬼看出來了。等到得獎作品合集上市，還有多少讀者會看出來？

他在學校一整天都有點心神不寧。

話說回來，他很明白心神不寧的原因不是小說被阿鬼挑出毛病，而是他沒把小說寫好。

他並不怨恨阿鬼。

阿鬼的信大多條理分明，針對故事內容分析；他讀得出阿鬼關心的是故事是否完備，談的都是創作，而不是想要挑他毛病。

如果能早點讓阿鬼讀讀這個故事該有多好？晚上，他坐在電腦前，翻了幾頁教科書，決定寫封信向阿鬼道謝。

「謝謝你這幾天的指教，讓我讀了不少重要資料、看了好看的影集，也讓我明白〈大大的小黃〉仍有許多不足之處。這是一篇不夠成熟的作品，拿到文學獎的首獎，實在受之有愧。不過文學獎合集就要出版，這篇作品只能以現在的狀況面對讀者，我後續在創作時會更加仔細，希望讀者不要因為這個故事對我留下不好的印象，也希望未來仍有機會向您討教。」

他寄出郵件，忖度是否該寫封信給出版社編輯，甚或文學獎評審？但前幾天這本合集就已經送印，不可能再更改內容；寫給評審老師又該說什麼呢？好像不管怎麼說，都會讓評審生氣吧？

還沒打定主意，他發現電子信箱裡多了一封信。

「雖然這個故事現階段沒法子修改，但並不是完全沒有改善的可能。」信是阿鬼寄來的，「您知道日本作家湊佳苗的《告白》吧？湊佳苗當年以〈神職者〉這個短篇拿到推理新人賞，然後把這個短篇當成第一章，續寫其他章節，變成一本長篇。我認為您也可以這麼做，利用後續的章節推翻現有的推理結果，就會成為一本完整的長篇小說。」

「那我該怎麼做？」他急急地回信。

「關鍵是盼盼。」阿鬼回答。

●

「我先前提過，盼盼這個角色很特別；」阿鬼告訴他，「特別的原因有二，第一，她不是真正的目擊證人、也不是警務人員，所以在五個證人當中，她的位置很不一樣；第二，盼盼除了作證指認阿桂之外，還提供了阿桂與鋒仔曾經一起參加護樹行動這個線索，甚至告訴刑警，鋒仔在遇害之前，對護樹組織的行動就已經不那麼熱中。」

除了指證之外，提供「阿桂與鋒仔曾是行動同志」一事，的確是他安排盼盼這個角色的作用。

「但是故事裡關於盼盼的描述很少；」阿鬼續道，「我認為這是您應該深入思考的方向。她和阿桂、鋒仔之間是什麼關係？她也是護樹團體的一員嗎？如果不是，那麼她和阿桂、鋒仔是怎麼認識的？她們三人之間有沒有感情糾葛、金錢往來，或其他的利益衝突？她毫不猶豫地指認阿桂，究竟是為了什麼？」

他的確沒想過這些。

在原來的故事裡，盼盼純粹是個功能性的角色，出場提供證詞和線索，再來就完全沒有戲分了。但經阿鬼這麼一提，他忽然覺得這個角色的背後，還有很多隱而未顯的內情可講。

「前提、主題、角色、情節和場景，是構成故事的基本元素。」阿鬼的信看起來像是寫作課的講義，「像〈大大的小黃〉這樣劇情翻轉幾次的短篇小說，篇幅大多會被情節占據，缺乏對角色的描寫，這很常見，況且參加文學獎會有字數限制，能寫的就更被局限。但倘若跳脫參加文學獎這事、毋須考慮篇幅，那麼就可以好好地做角色設定，很多情節就會在設定角色的時候出現。」

這麼一想，這個故事還有很多值得探討的細節啊——當初構思〈大大的小黃〉時，他壓根兒沒做什麼角色設定，滿腦子想的都是情節：需要偵辦的角色，就把刑警加進去，需要目擊證人，就把晚上經過現場的小學生和機車二人組加進去，需要提供資訊的角色，就把資深員警加進去，需要提供進一步的線索，就把盼盼加進去……這些角色加上轉折的情節，就已經把文學獎規定的字數塞滿，沒什麼空間細述角色，他也沒想過要這麼做。

「頭髮長度、行車時間等等我們先前討論到的問題，都可以在後續的偵辦過程中一一修正，端視你認為哪個角色適合負責故事裡的偵探任務；」阿鬼最後寫道，「刑警是很理所當然的選擇，資深員警也可以，機車二人組或小學生要變成偵探角色會比較難處理，不過也不是辦不到。或者你可以讓案子進入訴訟程序時，由檢察官或律師看出疑點，這也沒有問題。」

「你說得對！我馬上開始想接下去的大綱！」他興奮起來，把教科書往床上一扔，打開文書處理軟體。

打了幾個字，他想到一件事。

三天之後，他收到出版社寄來的文學獎得獎作品合集。

〈大大的小黃〉是第一篇，他翻了幾頁，略過本文，直接檢查得獎感言。

上回阿鬼指出後續可能之後，他本來打算開始擬大綱，但突然想到：小說的內容就是當初參賽的內容，不管來不來得及修改，都不應該更動——畢竟這是得獎作品的合集，讀者讀到的應該就是作品參賽時的樣貌——但他早早交出去的得獎感言，或許還可以加幾句話。

他火速發出電子郵件給編輯，請求編輯幫忙；編輯答應會聯絡印刷廠，不過也提醒他：如果已經上機印刷，那就來不及改了。

從手上的成書看來，他的修改趕上了。

在得獎感言裡，他提到了創作的初衷，也感謝評審老師的讚譽；三天前寄給編輯的那幾句話，出現在感言末段。

「〈大大的小黃〉當中，案件似乎已經水落石出，但其實仍有並不明顯的疑點。我目前正在進行後續創作，希望將來能有機會與讀者分享完整的故事。」

他覺得這幾句話講得有點心虛，因為他沒有直接寫出故事其實漏洞不少，反倒講得好像自己本來就有續寫的計畫；不過他也覺得這幾句話是個自己給自己的壓力：既然說要寫了，就要真的把後續故事寫完。

闔上書，他坐回電腦前頭。這幾天他已經把後續大綱擬得差不多了，接下來的工作，就是精實地一個字一個字把故事打出來。

這幾天沒再與阿鬼通信，這個大綱是否應該先請阿鬼看看、討教一下意見？他想起這事，登入信箱，然後覺得有什麼不大對。

看看那本剛收到的合集，再看看電子信箱，他眉心一緊。

這幾天與阿鬼往來通信時，他一直覺得有個隱隱約約的疑問浮在大腦邊緣，但忙著找資料、補情節，以及花時間與阿鬼討論，以至於他一直沒有正視那個問題。

他坐在電腦前，發信詢問編輯；幾分鐘後，編輯簡短的回信出現。他點選回信，快快讀完，眉頭皺得更緊了。

編輯的回信表示，除了編輯和評審，文學獎的得獎稿件沒有其他人讀過，也沒有透過任何管道公開發表。

在書還沒印出來之前，阿鬼是在哪讀到的？

比蒼白
更蒼白的影

06

一開始，她的表情看來鬼魅，
接著轉成比蒼白更蒼白的影

〈A Whiter Shade of Pale〉
by Procol Harum

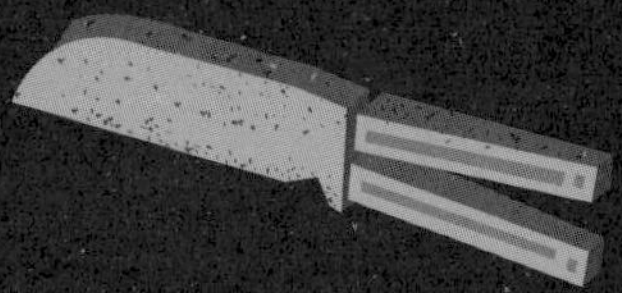

A Whiter Shade of Pale

瀏覽討論區留言的時候，她的心情忐忑，彷彿剛出道的菜鳥作者。回想自己下定決心要寫這本書的時候，心情也和現在一樣，充滿種種不確定。剛出版一個多禮拜的這本小說，是她的第五十本書，也是她的第一本書。這本書叫作：《比蒼白更蒼白的影》。

她一直愛看言情小說，也長期在不同網站閱讀素人創作；大學時期，她開始在網路上發表自己的作品，剛開始只覺得那是個人習作，沒想到引起出版社的注意。大學畢業那年，其他同學不是繼續念研究所就是開始找工作，只有她順利地拿到一紙兩本書的出版合約，開始作家生涯。

出版第一本小說時，她的心裡很不踏實。筆名是出版社幫她想的、故事的主要元素也是出版社幫她設定的，照著出版社列出的情節大綱寫完故事，她自己覺得成品很生澀，結果讀者的反應還不壞。幾個月後她出版第二本小說，反應比第一本更好，出版社找她續約，她開始有了自信。

言情小說看起來好像大同小異，事實上的確也大同小異——她還沒成為作者前就曾經發現，倘若把幾本不同出版社不同創作者的言情小說擺在一起，每本翻到差不多的頁數，就會讀到很接近的情節轉折安排；成為作者之後，每回她從出版社收到的新書大綱，也會讓她感覺彷彿是前一回大綱拷貝貼上的結果。

但話說回來，雖然大同小異，要真讓讀者眼睛一亮、記住作家的名號，重點就在那些「小異」上頭——她早早就明白這事，所以在每本依著出版社規定寫出的小說當中，都盡力加入她專屬的個人特色。

待到寫出了名氣，她同出版社商量，希望有幾本書可以跳脫既定大綱和角色設定，讓她試著自由發揮。經過幾回討論，出版社同意每一季讓她挑一本書做實驗，一年下來，雖然出版社沒提，但她綜合各個討論網站的反應，明白這幾本不按原有架構發展的小說，銷售狀況和讀者口碑都比先前的作品更好。

三年之後，她仍維持一定的出版量，合約的金額也沒降低，但租書店一間一間歇業，印書量一本一本減少；她和出版社的合約都是一次賣斷，不會受到印量的影響，她也沒有需要花用大量金錢的物質欲望，但她很有危機意識，聯絡了另一家新出版社，開始用第二個筆名發表作品。

新出版社專出氛圍耽美的男同志小說，對情欲場景的要求比較多，不過她的寫作技巧已經十分熟練，寫起來沒什麼滯礙；除了激情橋段之外，新出版社對她的情節安排沒有其他限制，這些用新筆名出版的小說銷量也很不錯，她開始覺得自己可以多寫點不同的東西。

除了言情小說，她最喜歡的，其實是驚悚懸疑故事。她會在自己的故事裡視情況加入懸疑元素，有時是正邪難分的主角，有時是恐怖驚悚的情節；言情小說的讀者群很固定，想讀的故事套路也很固定，但似乎都不排斥她置入的懸疑設定。每回在討論區看到「女主角被困在車子裡那段讓我好擔心，下一頁忽然又馬上出現意外的告白，超感人的！」，或者「那個男二實在很壞，但那是因為他對女主角非常深情，想到這裡，又覺得他很可憐。作者實在超會寫的！」之類留言，她都會在電腦前面不自覺地露出害羞的笑。

也因如此，她想要寫本懸疑小說的欲望，愈來愈強烈。

她擬了劇情大綱，考慮了很久，決定先寄給原來合作的兩家出版社試試。一來是她認為自己和這兩家出版社已經合作了幾年，有新的寫作計畫應該先問問他們，二來也是因為她沒有和言情小說出版社之外的公司打過交道，一時間也不知該找誰。

專出男同志小說的那家出版社對這類題材沒有興趣，倒是第一家出版社的總編回信給她，約她見面詳談。

「不瞞妳說，我們公司也想成立另一個品牌、開展其他路線，妳的這本新書或許很適合；」總編和她約在東區巷內一家幽靜的咖啡館，「況且妳先前的作品就有一些懸疑味道，讀者也都很喜歡。」

她點點頭。

「只是我認為不能太冒險。」總編認真地說，「首先，妳原來的言情小說出版日期不能延；再來，等我們的新品牌成立了，就可以出版妳自己這本小說，但不要用原來的筆名，另外想個新的。」

她又點點頭。

《比蒼白更蒼白的影》以她的本名發表，上市之後，銷售狀況非常好——好得超乎她和出版社的預料，以一個對讀者而言全新的作者及全新的出版社而言，這樣的成績簡直不可思議。

總編興沖沖地打電話給她，「新書賣得這麼好，要不要寫續集？還是變成系列作？」

這故事已經結束了，甭說系列作，連續集都不會有；她心裡這麼想，但沒有直接回絕，只是語帶保留地說，「讓我想想看。」

和總編講完電話，她打開筆記型電腦，進入常去的網路討論區。《比蒼白更蒼白的影》上市已經一週，這是她首次鼓起勇氣上網尋找相關討論。

出了四十九本書，我還是和六年前沒什麼不同嘛；她在心裡笑自己，隨即又對自己道：當然，其實這才是我的第一本書。

只是寫了近五十本言情小說，多少還是有點影響。《比蒼白更蒼白的影》雖然是個懸疑故事，但結構仍有多處呈現出言情小說的色彩：故事的男主角是刑警阿成，女主角是上班族小欣，他們兩人是從中學時代就認識的好友。阿成是個外型陽光開朗，內心溫柔細膩的男子，長久相處之後，對小欣產生了情愫，但小欣的個性比較大而化之，一直沒有注意到阿成對自己的感情，只把阿成當成好哥兒們。

每年小欣生日那天，阿成都會找家好餐廳為她慶生；今年阿成選了一家網路上口碑極佳的新餐館，小欣因而認識了餐館裡的年輕主廚。

主廚名叫阿洪，戴著眼鏡，瘦削靦腆，面對小欣稱讚他的廚藝時，連客套話都不會說，只是紅著臉害羞地笑，過了半晌，才表示要做道特製甜點謝謝小欣。一段時日之後，阿成無意間發現小欣時常單獨到那家餐館用餐，心裡五味雜陳；當小欣把自己與阿洪開始交往的事情告訴他時，阿成十分失落，但並不覺得訝異。

阿成開始不再主動去找小欣，倒是小欣仍然常與阿成聯絡，有時還會和阿洪一起帶著主廚特製的宵夜，去找在警局加班的阿成。

有回阿洪和小欣送來宵夜、離去之後，阿成的刑警前輩悄悄對阿成道，「那個不是你女朋友嗎？居然帶別的男人來找你？」

「她……」阿成抓抓頭，「我們一直都只是好朋友啦。」

「少來這套；」前輩哼了一聲，「你這陣子看起來像家裡死了人一樣，白癡都知道你失戀了。」

「那個……」阿成又抓抓頭，「她過得好，我就開心了。」

「你這表情衰爆了，開心個屁！」前輩看看阿成，搖搖頭，「算了，這種事我管不著。不過如果你真的希望那個女生過得好，就要小心一點。」

「小心什麼？」阿成抬起頭。

「她的那個新男友有案底，案子還不小；」前輩朝門口看了看，回頭豎起兩根手指，「兩條人命。」

阿成表情變了。

她一面回想自己如何安排阿成帶著憂慮開始翻查警局裡的檔案資料，一面瀏覽討論區的網友留言。阿成調查阿洪的案子時，帶著十分複雜的情緒：阿成希望阿洪是個好人，這樣小欣才會幸福，但也希望阿洪涉入的案子有疑慮，這樣就有機會說服小欣離開阿洪；阿成想要先警告小欣，但又打消這個念頭，因為擔心小欣看出那些很難隱藏的嫉妒，折損小欣對調查的信任程度。

許多網友提及對阿成的不捨，更多網友提及讀到結局時的訝異。她捲動螢幕裡的頁面，漸漸漾出微笑：讀者們喜歡這個故事，證明自己的確是能寫懸疑小說的嘛！

點開下一頁，一則留言閃進她的視界。

「《比蒼白更蒼白的影》一定會有續集……」留言第一句說得斬釘截鐵，她腦中「抱歉，沒有續集了哩」這話剛剛浮現，留言的第二句就讓她嚇了一跳，「因為結局留了伏筆。如果沒有續集，那這個結局就有問題。」

她眨眨眼，又讀了一次。

這個ＩＤ叫「阿鬼」的網友在說什麼啊？

她重新回想《比蒼白更蒼白的影》故事情節，沒發現什麼伏筆。

廢話；她在心裡對自己道：有沒有留伏筆，難道我自己會搞不清楚嗎？

但這個阿鬼怎麼會講得這麼有把握？這個沒有伏筆的結局有什麼問題？

如果總編看到這則留言，會認為她的確原來就有寫續集的打算，還是會因為阿鬼說「這個結局有問題」而對後續的懸疑小說出版計畫產生疑慮？

必須要問清楚。

她註冊了一個新的帳號，登入討論區發訊給阿鬼。她打算假裝成自己的書迷詢問阿鬼：《比蒼白更蒼白的影》結局有什麼問題？這則訊息比她想像的難寫，她不確定自己應該用有些粉絲替她捍衛負面評論時的強硬態度比較好？還是用有些網友見獵心喜想要得知作家疏失的八卦態度比較好？改了半天，她決定用就事論事的客觀態度寫訊息，看起來是真心想要討論，而不是想要抬槓。

按下「發送」之後，她緊張地起身走來走去，每隔幾秒就按一下「重新整理」。

幾分鐘後，一則訊息出現在收件匣裡。

「您好，很高興有人想要認真地討論小說情節。」阿鬼的訊息讀起來很冷靜，「我們先假設《比蒼白更蒼白的影》沒有續集，那麼這個結局就是作者認為的『案件真相』——問題是，從先前的情節來看，我認為這個結局並不是事實。原因有兩個部分，一是阿洪先前涉入的那宗案子，從書中的描述來看，阿成分析出來的真相絕對是錯的；另一則是幾個主要角色的設定，並不會讓劇情這樣發展。再讀一次，您可能也會發現。」

阿洪年紀很輕就當了廚師，因為安靜羞澀，所以一直沒有活躍的社交活動，直到認識了綽號「大尾」的朋友。大尾急躁易怒，個性與阿洪天差地遠，兩人卻意外地合拍，每晚下班之後，阿洪就跟著大尾騎車四處閒晃，有時去喝喝啤酒，有時去打打撞球；雖然每回都是阿洪出錢，但阿洪覺得很愉快。

一天半夜，阿洪與大尾照例騎車夜遊，胡混了一會兒，決定要去撞球間。大尾沒有認真打撞球，因為櫃檯裡有個他們沒見過的辣妹，年紀看起來很輕，表情看起來很無聊，所以大尾打幾球就繞回櫃檯，不是買菸就是借打火機，不是買酒就是借開瓶器。

凌晨兩點，阿洪與大尾要離開撞球間的時候，大尾已經問出辣妹名叫小糖，並且說動小糖和他們一起夜遊。

大尾騎車載著小糖，阿洪騎另一部車在後頭跟著，不時聽見前面傳來笑聲；車頭燈照著小糖露出的白皙後腰，阿洪覺得喉頭發緊。大尾拐了個彎，阿洪隨著轉動車頭把手，發現他們正朝大尾的住處前進。

臥室裡傳來激烈的男女交歡聲響，阿洪坐在大尾家的客廳，覺得下體脹得發痛。正在考慮是不是該先離開時，小糖走出臥室，問：「廁所在哪？」

阿洪替她指了方向，又坐了會兒，起身走到廁所門口，聽著門裡的沖水聲。小糖開門，抬頭看見阿洪，「你在這裡幹嘛？」

「我，呃……」阿洪囁嚅，「我也想……」

「想個屁！」小糖看看阿洪的褲檔，啐了一口，「你當我什麼人啊？我有男朋友的，今天只是想要玩玩而已！」

阿洪沒有說話，看著小糖逕直穿過自己面前，拍開臥室大門，「喂，穿好褲子載我回家！」

大尾載著小糖，阿洪仍然騎車跟著，但這回前面不再傳來調笑，反倒尖聲爭吵。是自己剛才惹惱了小糖？還是大尾和小糖本來就起了爭執？阿洪還沒想清楚，就看見大尾停下車，反身一肘把小糖砸離後座。

怎麼回事？阿洪慌張地停好車，快跑向前，看見小糖倒在地上，大尾騎在她身上，正在揮拳揍她。

「有男朋友是吧？玩玩是吧？」大尾停下拳頭，喘了口氣，從褲子後方的口袋摸出一把蝴蝶刀，「妳以為我只是根讓妳爽的老二嗎？我他媽還會讓妳痛！」

大尾舉起刀，阿洪失聲喊道，「等等……」大尾停下動作，轉頭望向阿洪，「站在那裡幹嘛？去路口幫我把風！」

那一帶是田間的產業道路，平常就沒什麼人，這個時間更不會有人經過。阿洪站在路口，聽見小糖的尖叫，冷汗直冒，手足無措，過了一會兒，才發現有個騎腳踏車的人影出現在路的另一頭。

「喂喂，」阿洪緊張地奔向大尾，發現小糖的身下已經漫出一片深色的黏膩，「有人來了！」

大尾抬頭，看見那個騎腳踏車的人；對方也發現這裡不大對勁，踩動踏板的速度明顯加快。大尾咒罵一聲，跨上摩托車，一個迴旋追了上去，二話不說撞向腳踏車。

阿洪看見騎腳踏車那人驚叫摔倒，看見大尾停好摩托車走向對方。然後，阿洪看見大尾舉起蝴蝶刀，第一道晨光映在刀尖，閃出血紅的亮。

經過調查，警方認為撞球間女職員小糖及農夫土伯的雙屍命案皆為大尾所為，以此結案；阿洪雖然沒有動手，但仍有了案底。

「我知道那傢伙後來又找到廚師工作；」提醒阿成要留意阿洪的那個刑警前輩，當時就曾經參與調查，「沒想到現在已經當上主廚了？果然是個很有手段的人啊。」

「聽說是有個老主顧欣賞他的廚藝，所以出錢資助他開店；」阿成覺得前輩的話中有話，「你說他『很有手段』是什麼意思？」

「我的直覺啦，」前輩搖頭晃腦，「那個人溫順得太不尋常了，我一直覺得不大對勁，只是找不到什麼證據。你還是叫你那個『朋友』小心一點比較好，不對，最好的方式是把她搶回來啦！」

羞怯內向的阿洪看起來的確不像是個殺手，但阿成翻遍這樁案件的所有卷宗檔案，發現兩個疑點。

一是小糖身上的傷口數量驚人，二是傷口的深淺相差很大。

大尾或許是先向小糖動刀的人，但有必要砍這麼多刀嗎？除了大尾之外，求歡不成的阿洪是否也趁機揮刀洩憤？

另外，大尾在偵訊時曾經表示：阿洪發現土伯經過，馬上騎車追撞土伯，大尾聽見撞擊聲響，隨後趕去，到了追撞地點，已將土伯按倒在地的阿洪，開口向大尾借蝴蝶刀行凶。——這番證詞未被法院採信，但如果大尾說的是真話呢？

阿成仔細思考：檢方對大尾的指控，大尾都已經認了，就算阿洪也參與行凶，大尾的刑責也不會減輕，他應該沒必要說謊才對。

夜已深了，阿成還在檔案室裡，桌上散著凌亂的卷宗，還有一個已經空了的泡麵碗。小欣已經兩週沒和他聯絡了，自然也就沒有阿洪的特製宵夜；阿成明白，因為自己先前有意無意地暗示，要小欣對阿洪多點戒心，所以小欣在生他的氣。

如果撇開懷疑，阿洪準備的宵夜的確很好吃，明明材料都是店裡當天的剩餘食材，但每回都精緻可口。阿成想起小欣提過，阿洪對刀械很有興趣，除了工作上要用的之外，還蒐集了許多不同的刀具。

檔案裡有許多被害人的照片。小糖被砍得亂七八糟，臉都被割花了。土伯俯臥著，背上的刀傷觸目驚心。阿洪蒐集了很多刀械。阿洪沒有動手殺人，而且他在拘留期間表現良好。阿洪笑得很害羞。那個笑容太無害了，不會讓人產生任何防備。簡直像是經過長時間練習後呈現的完美表演。

阿成倏地一驚，從椅子上彈起來，攫過手機撥了小欣的號碼。

沒有回應。小欣關機了。

不對勁。阿成衝出警局跳上自己的摩托車，沒有多想，直接催足油門。

接下來的一連串場面，寫的時候讓她傷透腦筋。

阿成撞進餐館廚房，發現小欣被綁在椅子上，眼睛和嘴巴都綑著布條；阿洪正在檢視流理臺上排成一列的各式刀具，考慮要先選哪一把。阿成發出怒吼撲上前去，與阿洪發生扭打，在身上被劃開幾道口子之後揍昏了阿洪，救出小欣。

要怎麼敘述才會讓被綑綁的小欣呈現無助但誘惑的感覺？要怎麼刻劃才能顯出阿洪羞澀表情之下隱藏的算計？要怎麼描寫兩個男人的肢體衝突才能讓讀者覺得身歷其境？要怎麼用字才不會拖慢拳打腳踢的節奏？她記得自己邊寫邊揪著長髮，第一次覺得「原來那些劇情愚蠢的動作片都很不簡單啊」。

警察趕到現場採證處理的時候，阿成摟著小欣，說出自己從調查中推理的結論：阿洪的害羞是種扮豬吃老虎的伎倆，他利用這種無害的偽裝操控頭腦簡單的大尾、欺騙單純的小欣，不但在雙屍命案中把一切問題都推給大尾，也打算殺害小欣。

聽完阿成的解釋，小欣在阿成懷中仰起臉，露出一個阿成從未見過的美好微笑。

故事結束。

「我重讀了之後，仍沒看出什麼問題；」她發訊給阿鬼，「阿成對阿洪的懷疑看起來很合理，傷口深淺不一及數量很多，不就代表行凶者不止一人嗎？」

等了大約半小時，她差點以為阿鬼不打算理她了；待到阿鬼的回覆出現，她才發現阿鬼的確需要一點時間——這篇回覆滿長的。

「先說傷口深淺不一的問題。」阿鬼解釋，「這無法代表行凶者不是同一個人。事實上，同一個凶手持續揮刀，不可能每次都出現相近的穿刺力道，加上被害人可能扭動掙扎，就會有更多變數，影響傷口的狀況。」

唔唔；她在螢幕前面點著頭，阿鬼說得有理。

「再說傷口數量很多的問題。」阿鬼的訊息繼續，「傷口數量很多，的確可能是複數凶手所為，但並不能排除單人犯案的可能性；如果把傷口深淺不一的狀況一起納入考慮，就會發現單一凶手的假設比複數凶手更為合理——因為單一凶手連續揮刀多次，開始感到疲累，所以力道就會愈來愈輕。」

嗯嗯；她覺得應該要做筆記、留待日後參考，然後想到其實只要留著阿鬼的訊息就好了。

「所以阿成找到的兩個疑點，其實都無法證明阿洪參與殺人行動。」阿鬼的訊息還沒結束，「換個角度看，這兩個疑點，反倒證明大尾才是唯一的凶手。」

喔喔；她睜大眼睛：為什麼呢？

「如果只是單純地想要致人於死地，並不需要砍殺很多刀——土伯身上的刀傷很少，但背部的那刀傷及要害，讓他送命。如果是單人犯案，那麼可以合理推測：凶手在多次揮刺小糖之後已經疲憊，所以沒有如此對付土伯。」阿鬼說明，「如此一來，問題會是：凶手為什麼要這樣過度傷害小糖？從現實生活裡的案例可以得知，會出現過度傷害行為的凶手，可能是有精神方面的問題，或者是對被害人抱持某些私人的情緒，過度傷害是凶手發洩情緒的過程。故事裡沒有提到阿洪和大尾有什麼精神問題，不過的確有人對小糖懷有恨意——就是和小糖發生激烈爭吵的大尾。」

「等等，」她快速地鍵入訊息，「阿洪曾經向小糖求歡，但被小糖拒絕；照您的說法，阿洪也應該對小糖產生憎恨的情緒才對呀。這樣的話，阿洪仍然可能下手，不是嗎？」

「沒錯，」阿鬼的訊息回得很快，「不過這牽涉到角色個性設定的問題。」

「願聞其詳。」她按下發送鍵。

◉

「我認為這個作者本來是寫言情小說的，或者讀過很多言情小說；」阿鬼的回訊開頭就把她嚇了一跳，「因為《比蒼白更蒼白的影》結合了言情小說的特色和懸疑推理的結構，但從角色設定來看，走的幾乎全是言情小說的套路。」

阿鬼指出，多數言情小說裡的角色設定，其實常常不夠立體；就算作者有能力寫出飽滿、有層次的角色，也容易因為言情小說的故事主線集中在愛情關係上，所以角色較少展現面對其他事件時的反應，也就缺少表現個性中其他面向的機會。

這和她的觀察一致，讀著阿鬼的訊息，她忽然覺得好奇：阿鬼也是個言情小說的重度讀者嗎？

在《比蒼白更蒼白的影》中，作者著墨最多的角色，是男主角阿成與女主角小欣，再來才是第二男主角阿洪。在阿洪出場的情節當中，阿洪展現的都是害羞、內向、低調、沉默的模樣，就連阿成從檔案資料裡拼湊案件經過時，阿洪也都保持相同的形象；也就是說，阿洪的角色塑造其實是很平面、單一的。

是故，當讀者在結局時發現阿洪綑綁小欣、打算行凶時，自然會覺得十分訝異，因為這樣的發展顛覆了阿洪在大半本書裡建立的角色樣貌；但仔細一想，就會知道這個翻轉並不合理。

作者用來支持翻轉結局的論點，是阿成從檔案裡找到的兩項懷疑，以及認為「阿洪形象只是偽裝」的推論。但那兩項懷疑是站不住腳的，「形象只是偽裝」更沒有任何佐證，純粹是阿成一廂情願的推論而已。

事實上，以阿洪和大尾在故事情節裡的表現看來，可以知道在兩人的關係中，大尾是處於主導地位的領導者，阿洪是唯唯諾諾的跟隨者；大尾和小糖發生關係時，阿洪乖乖等在客廳，大尾刺殺小糖時，阿洪依言去路口把風。就算阿洪在命案裡動了手，也絕對不可能如阿成推測的那樣，是「用無害偽裝操控大尾」的主謀。

「但是，」她回覆訊息，「大尾那段沒被採信的供詞怎麼說呢？阿洪難道不可能是先下手殺害土伯的人嗎？大尾已經認罪了，沒必要再做假供詞把阿洪拖下水吧？」

「阿洪在把風的時候看見土伯，所以大尾說阿洪先騎車去追土伯，似乎有可能。」阿鬼的訊息迅速地出現，「但別忘了，阿洪當時站在路口，所以從土伯的角度來看，揮刀行凶的只有一個人，就是大尾。也就是說，真正有動機要殺土伯滅口的，也只有大尾。」

阿鬼認為，大尾認識阿洪之後，就知道這是個會對自己言聽計從的跟班，帶著阿洪到處夜遊，並不是把阿洪當成朋友，而是當成提款機。老大被判刑了，跟班怎麼可以全身而退？所以當自己對罪行無可抵賴時，大尾想到，只要把事實稍微加點料，就能把阿洪也拖下水——這就是大尾說謊的原因。

「而且，您可能沒注意到，」阿鬼的訊息寫道，「大尾有另一段供詞，提到自己刺穿土伯的背。在得知土伯背上的傷是致命傷之後，大尾才供稱阿洪追撞土伯、向自己借刀刺殺土伯；很明顯，後來這段供詞一定是謊言。」

她的心跳停了半拍。

拿過放在桌邊的書，快快地翻找，她發現自己的確曾經讓大尾說過「我用蝴蝶刀刺了那個農夫的背部」這句話。

那個段落連她自己都忘了。阿鬼也讀得太仔細了吧，這下怎麼辦？

●

「大尾那句話……」她想了想，開始打字，「說不定是作者寫錯了呀。」

「也許，不過既然已經成書，就把它當成是故事裡的事實吧。」阿鬼回覆，「其實，我剛提到的角色設定問題，並不單發生在初次寫懸疑推理小說的作者身上，許多專寫推理小說的作者，也會犯同樣的毛病。」

「為什麼呢？」她很好奇。

「因為那些作者太注重情節。」阿鬼表示。

無論是不可思議的謎題，還是大幅逆轉的結局，這兩種推理小說常見的安排，都發生在情節裡，所以很多推理作者會先想好這些情節，再把角色塞進去。問題是，讀者在閱讀故事的時候，看到的情節其實是「角色發生的事」——角色們的個性如何、所以遇到某些事情時怎麼反應、接著必須面對什麼結果等等；但如果角色設定和情節搭不起來，就會出現角色刻意做出某些行為來達成某個情節的狀況，讀者會明顯發覺作者的手伸進故事強壓著角色，故事也就不合理了。

讀者閱讀的時候，情節其實是「角色演出來的」，而不是「作者寫出來的」。

在《比蒼白更蒼白的影》這個故事裡，阿洪從頭到尾沒有顯露過任何強勢或暴力的特質，作者也沒有在哪個橋段暗示讀者這個角色工於心計；阿洪只在料理領域展現過創意與細心，小欣要阿洪送宵夜到警局給阿成時，阿洪從未顯出心虛或提出異議。這樣的角色在結局時忽然變成心機重重的壞蛋，就是作者想好驚奇情節後硬把角色塞進去，才會造成的現象。

「況且，」阿鬼寫道，「就算阿洪真的是雙屍命案的凶手之一，也根本沒有殺害小欣的動機呀。」

「也許阿洪就是個嗜殺女性的變態？」

「那他這幾年應該會持續接近女性、藉機行凶才對。倘若阿成發現更多手法類似的案子，就比較講得通，但故事裡沒有提到。」

「但是……」她皺著眉打字，「阿洪已經把小欣綁起來了，這一定不大對勁吧？」

「這個情節的確是個問題，不過；」阿鬼的回應看起來很輕鬆，「這仍然可以從角色設定裡解套——如果作者真的打算寫續集，可以從這裡發展。」

阿成陽光開朗，小欣活潑大方，阿洪羞赧內向——《比蒼白更蒼白的影》三個主要角色的個性，大致如此。用這樣的角色寫言情小說，把情節聚焦在愛情與友情上頭，問題可能不大；但如果情節更複雜一點，他們的角色設定就顯得太過平板，不夠立體。

「尤其是阿成和小欣，他們的設定完全是言情小說男女主角會有的樣子；」阿鬼說明，「我們讀到的主要情節，都著重在他們對戀愛及友誼的反應，阿成做的事，驅動的核心都是小欣，小欣做的事，驅動的核心都是阿成或阿洪。我們不知道阿成處理警務時是幹練還是蹩腳，也不知道他是懂得利用制度還是討厭僵化體系；我們不知道小欣在公司裡的工作狀況，也不知道她在不和阿洪談戀愛、不和阿成聊天的獨處時間裡做了什麼。」

「補上這些就可以解釋為什麼阿洪要把小欣綁起來？」她不明白。

「當然。」阿鬼的回應十分肯定。

「要怎麼做？」

「有很多種可能。但如果我說了，但作者寫的續集真的如此發展，那我不就剝奪了您的閱讀樂趣?」

「作者沒說會寫續集啊。」

「我先前提到的那些全是發展續集的材料,如果不寫,它們就會變成這個故事裡的漏洞哦。」

「看來我是非寫不可了啊。」她嘆口氣,把訊息送了出去,忽然發現不對。

「您好。」隔了一會兒,阿鬼的訊息閃現,「其實我已經隱約猜到您是作者,不過沒有足夠的佐證,不敢妄下定論。我很喜歡《比蒼白更蒼白的影》,謝謝您平心靜氣地與我討論。」

「不不,」她有點不好意思,「您讀得這麼仔細,我才是該說謝謝的人。我第一次嘗試寫這類型的小說,還有很多不足之處,請您指教。」

「『指教』不敢當,」阿鬼回訊,「其實無論是哪種類型小說,根柢的組成元素都是一樣的。您的敘事技巧很純熟,我想您可能已經用別的筆名發表過不少作品;猜測您也許就是作者之後,我還大言不慚地同您討論,一來是您的發問既誠懇又客氣,二來是我真的很希望讀到您把這幾個角色設定得更完整之後，發展出後續的故事。」

「沒把故事寫好，讓讀者產生疑惑，本來就是我該解決的問題。」

「相信我，我接觸過的許多作者只會覺得那是讀者自己的問題。」

「所以……」她小心地問，「可以請您幫個忙，告訴我為什麼阿洪要綁住小欣嗎？」

「我剛提到這有很多種可能，我可以告訴您其中一種；」阿鬼回答，「不過我只能幫到這裡，續集的其他部分如何與這個故事銜接，得要您親自動筆。我也不想要讀到一個所有情節我都已經知道的故事啊。」

「沒問題；」她啪啪地敲打鍵盤，「請說。」

「如果阿洪綑綁小欣這件事……」阿鬼的回覆似乎透著微笑，「是小欣要求的呢？」

啊？她在螢幕前瞪圓了眼睛。

下一個剎那，她突然看清故事裡所有不合理的細節，明白續集可以怎麼寫了。

阿成救出小欣之後，終於向小欣表白了自己暗藏多年的心意，小欣也被阿成感動，接受了他的感情。

兩人從好友變成旁人眼中天造地設的情侶，原來應該是個童話般的美好結局，但交往幾個月之後，阿成開始覺得小欣有事瞞著他。

這種感覺很奇怪。阿成一直認為自己和小欣無話不談，怎麼在關係更進一步之後，反倒會出現這樣的感覺？阿成試著向小欣詢問，但小欣總說是他想太多；為了避免惹惱小欣，阿成也不敢持續逼問。

但小欣的確有事瞞著阿成。

小欣一直嚮往綁縛式的性愛關係。從小在尋常的家庭環境下長大，小欣不知道自己為什麼會從綁縛當中得到快感，但她很清楚地記得，第一次意外看到雜誌上模特兒被綁住手腳的照片時，心中感受到的那種刺激。

這件事是小欣的祕密，她不敢對任何人提及，包括之前交往過的幾任男友；小欣擔心如果說出這樣的癖好，就會被視為變態。

但與阿洪交往時，小欣終於卸下心防。

阿洪是個害羞的人，同時也是個寬大的人。阿洪知道大尾做過對他不利的指控，但並未懷恨在心，相反的，他十分感謝大尾帶他接觸人群，也對大尾控制不了情緒、在盛怒下殺人覺得非常惋惜。

每個人都有私密的陰暗面，但阿洪更在意的是人的光明面。在阿洪眼中，人人都是好人，沒有什麼是需要被別人批判的。

所以阿成闖進餐館廚房那晚看見的景象，並不是阿洪主動綑綁小欣，而是小欣要求阿洪動手的。

但小欣在眼睛及嘴巴都被摀住的情況下，無法在阿成與阿洪扭打時出聲說明，盛怒之下的阿成，也沒有給阿洪任何解釋的機會。待到阿洪被阿成打昏、小欣的束縛解開，小欣發現已經錯過了向阿成坦白的時機。

因為小欣還沒開口解釋，阿成已經滔滔不絕地對她說明：阿洪曾經與一宗雙屍命案有關，雖然並未被定罪，但根據阿成的推測，阿洪也是凶手之一。

聽完阿成的那席話，小欣對阿成笑了。

幾天之後，阿成對小欣告白，小欣答應了。阿成告訴小欣，從阿洪刀下救出小欣時，小欣的微笑是他從沒見過的；在那個瞬間，阿成發現小欣終於對他敞開心房、不只把他當成朋友，所以他才鼓起勇氣表白愛意。

但小欣回想當時自己的笑容，明白阿成的感覺是個誤會——她當時本來想要衝動地坦承綁縛是自己的要求，但與阿成相識多年，小欣從未提及此事，在那個混亂尷尬的場景，她一時不知該如何啟齒；阿成自顧自地說明推理過程、對阿洪與雙屍命案的牽扯指證歷歷，又讓她突然不敢確定自己是否真的錯看了阿洪。

那晚自己對阿洪提出要求時，阿洪是不是曾在心中竊喜，認為眼前這個女人居然傻傻地自願被綁，渾不知這正好提供了下手殺戮的機會？小欣想到這裡，覺得毛骨悚然。

假若阿洪真的是個殺人凶手，那麼我何必為了他公開自己的祕密？小欣暗忖：

就算阿洪與雙屍命案無關，那麼等他說明綁縛實情的時候，自己再承認也可以吧？所以，那並不是一個對阿成打開心門的笑。

那是一個心虛的笑。

「我只恨沒法子再讓那個傢伙因為先前的雙屍命案再受審一次。」阿成對小欣說，「在那樁案子裡，他比大尾更罪大惡極。」

「別再提這件事了吧。」小欣瞪了阿成一眼。

「好好，是我不對；」阿成露出做錯事的表情。

阿成當然知道，小欣畢竟是事件的受害者，自己提及這事難免會影響小欣的情緒；但明知如此仍然開口，是因阿成懷疑小欣對自己隱瞞的事，就是對阿洪依舊餘情未了。

小欣隱瞞的事的確與阿洪有關，但比「餘情未了」更複雜一點。

「殺人未遂」的罪名建立在阿成闖進廚房、看見阿洪綑綁小欣並且正要使用刀具這件事情上，只要阿洪說出「是小欣叫我把他綁起來的」，所謂「殺人未遂」就無法成立了——阿洪為什麼寧可忍受漫長的訴訟過程，也不把這個事實說出來？

小欣曾經想過，倘若阿洪說出這個事實，自己就會坦承祕密；但在阿洪一直閉口不提之後，小欣又想：阿成認為阿洪是個聰明躲過制裁的罪犯，一直不說，是不是另有什麼盤算？假使阿洪說出事實，我真的要為了一個殺人犯承認這事嗎？如果我不承認，阿洪可能會因此坐牢；但我承認的話，別人會怎麼看我？自己愛上一個沒有服刑的罪犯，已經很難不招惹閒言閒語了，再加上特殊性癖好的話，肯定更雪上加霜，我真的要為一個罪犯做這種犧牲嗎？

不承認很糟，承認了也很糟；但無論承不承認，總之阿洪絕口沒提這個對自己絕對有利的事實。

這個時候，有個意料之外的訪客來找小欣。

「妳好，」訪客是名年輕男子，有禮貌地遞上名片，「我是阿洪的公設辯護律師。」

「呃……」小欣疑惑地收下名片，「找我有什麼事？」

「我這人不喜歡拐彎抹角，所以就直接說了；」公設辯護律師道，「我想請問妳：當時在廚房究竟發生什麼事？」

「就是那樣啊；」小欣囁嚅，「你應該都知道吧。」

「我必須確認妳當時的想法，」公設辯護律師的眼神很堅持，「畢竟現場的真正情況，只有妳和阿洪知道。」

「那你幹嘛不問阿洪？」小欣反問。

「我當然問了。」公設辯護律師道，「阿洪堅持自己並沒有任何傷害妳的意圖，但卻不說為什麼要把妳綁起來。我相信他的話，所以唯一合理的解釋，就是那個綁縛與傷害無關，所以……」

「等等，」小欣打斷公設辯護律師的話，「你相信他？他從前殺過人耶。」

「那樁雙屍命案？」公設辯護律師看看小欣，「我重新查過那樁案子的資料，阿洪是無辜的。」

「你怎麼那麼肯定？」小欣搖搖頭，「我不確定他是不是真的沒有動手。」

「只是『不確定』？」公設辯護律師聽得很清楚，「如果妳願意，可以和我討論，我會告訴妳我的專業看法；或者妳可以多找些資料，再自己想想。而且，就算阿洪曾經殺人，妳也不能因此隱瞞這次的事實。」

「你一直暗示我沒說實話；」小欣有點生氣，「我不想再談下去了。」

「有沒有說實話，妳自己清楚。」公設辯護律師嘆了口氣，「老實說，現在情況不大樂觀。他一直希望再見到妳，妳至少該去看看他吧？」

公設辯護律師要小欣去見阿洪，但小欣左思右想，實在不知該如何面對阿洪；不過公設辯護律師的另一個提議倒是很實際——小欣決定，自己找出雙屍命案的相關資訊。

確定了這件事；小欣認為：自己就能確定該怎麼做了吧？

不是案件關係人，沒法子直接調閱雙屍命案的檔案，但小欣在網路上找到一些公開資料，並且在過程中認識了一名寫過多篇國內外冤獄事件研究的網友，網友熱心地提供小欣幾個案例，這些案例顯示，犯人的確會在某些情況下捏造對其他嫌犯不利的證詞——可能是在被刑求的狀況下胡言亂語、順著警方的意願做出證供，也可能只是想多拖幾個人下水。

「妳找過資料了？」公設辯護律師見到小欣來訪，似乎並不訝異。

「找過了。」小欣點點頭，「資料有限，但我讀到了一些其他案例，多了些不同的想法，所以我想和你討論，確定阿洪到底是不是雙屍命案的凶手。」

「確定之後呢？」公設辯護律師看著小欣的眼睛，「妳就會說出事實嗎？」

「搞清楚阿洪是否曾經動手之後，我才能確定我該怎麼做。」小欣沒有承認、但等於已經承認自己有所隱瞞。

「好；」公設辯護律師點點頭，「我把我的看法告訴妳。」

「不過，我在查資料時也發現了一件事；」小欣想了想，「聽說公設律師都不想橫生枝節、只會勸被告早點認罪，你為什麼……」

「為什麼為阿洪做這麼多事？」公設辯護律師笑了，「我知道很多資深前輩的確會想快快結案了事，但可能就是因為我的資歷還淺，所以我還記得自己成為辯護律師的初衷。」

「幫自己的委託人脫罪？」小欣猜測。

「不是，我相信犯罪就必須接受對應的懲罰。」公設辯護律師搖搖頭，「所以，我的初衷是要找出案件的真相，不讓委託人因為自己沒犯過的罪受罰。」

公設辯護律師告訴小欣，拿到雙屍命案的相關紀錄、看過現場照片及鑑識資料後，他曾與法醫研商，認定小糖身上的多處刀傷，並非複數凶手所為，而是大尾一人在情緒失控狀態下做出的過度傷害，大尾口供前後不一的原因，就是想把不擅言詞的阿洪一起變成死刑犯。

綜合與網友及公設辯護律師的討論，小欣發現：阿成用來指控阿洪最堅實的兩個證據，其實都站不住腳；仔細思考之後，她也明白：阿成對阿洪「偽裝形象」的說法，根本就沒有任何實證。

「我認為阿洪在雙屍命案裡完全沒有動手。在那樁案子裡，他最接近犯罪的事實，是沒能在大尾行凶時阻止；」公設辯護律師道，「他的個性比較被動畏縮，在面對強勢直接的命令時，就算心裡認為不對，也沒法子在行動上反駁。雙屍命案偵辦期間，檢方曾經請專家對阿洪做過心理測驗，測驗結果也顯示他有這樣的性格。」

「所以你才會認為，」小欣問，「那晚在廚房裡，並不是他把我綁住的？」

「不，個性如何是一回事，當時有沒有傷人意圖，是另一回事。」公設辯護律師搖搖頭，「以雙屍命案的供詞來看，阿洪從頭到尾都沒有說謊；而詢問他那晚為何綑綁妳時，他也堅稱自己並沒有傷害妳的念頭，只是在問到綑綁妳的理由時，他又支支吾吾地說不出口。」

「既然如此，」小欣不解，「為什麼你會認為我沒說實話？」

「從妳的筆錄和阿洪的供詞來看，在交往過程當中並沒有任何不愉快；我找不出妳和阿洪的過去有任何交集，所以也沒有任何遠因讓他做出對妳不利的舉動。所以我想，如果阿洪和這樁案子裡的供詞，和雙屍命案當中的陳述一樣誠實，那麼他不說出綑綁的理由，一定有別的原因。」公設辯護律師觀察小欣的表情，「綑綁除了傷害之外，還有沒有別的用意呢？我認為有。但這得妳說出來才能確定。」

「如果我說了，」小欣想了想，輕輕地嘆了口氣，「阿洪就沒事了？」

「我會盡力。」公設辯護律師靜靜地道，「但如果妳不說，他就一定有事。」

小欣與公設辯護律師一起離開律師事務所，想起請教網友時，約略提過自己遇上的事件，網友指出另一個疑點：阿成是個警察，理應明白刀傷的問題以及大尾供詞說謊的可能，拿這兩件事當成證據，或許能說服小欣，但似乎不符合阿成應該要有的警察專業知識。

想起阿成多年來隱而未言的感情，小欣忽然看清事件全貌：其實阿成在調查雙屍命案時，並不是想要弄清楚阿洪是否涉案，而是想要盡全力找出讓阿洪顯得可疑的部分，好讓小欣離開阿洪。

不管阿洪在雙屍命案中有沒有下手，阿成都已經決定要陷害他。

阿成的調查不是出於對小欣的關懷，而是出於對阿洪的嫉妒。

接著，小欣想起過去的幾任男友，總用一些似是而非的理由離開自己——阿成是否也做了什麼，把他們從小欣的身邊拉開，讓自己永遠占據那個最特殊的位置？

「如果阿洪成功獲釋，」公設辯護律師的問題把小欣拉回現實，「妳會和他復合嗎？」

「呃……」小欣愣了一下，「這得看他的意願吧。」

「阿洪還一直幫妳保守祕密，一定還很喜歡妳啦。」公設辯護律師笑了。

「你好八卦喔。」小欣也笑了。

小欣不是沒想過這件事，但她完全不能確定。就算阿洪真的寬宏大量地原諒了小欣的自私，小欣也不知道自己該怎麼面對他。

況且，自己現在的男友是阿成。

而自己已經對阿成起了疑心。

小欣並不知道，阿成其實正坐在律師事務所外街道暗處的一部車子裡。

阿成十分憎惡阿洪，所以找公設辯護律師討論阿洪的案子這事，小欣沒有對阿成明說；但阿成早已認定小欣有事隱瞞，所以從她離開辦公室時開始跟蹤，發現小欣前往律師事務所，待了幾個鐘頭，事務所關燈之後，還與一個年輕的男性律師一起離開，兩人有說有笑，又一直孤男寡女地待在事務所裡，一定有鬼。

阿成畢竟是多年好友，也是現任情人，就算小欣已經說服自己，應該坦承自己的性癖好、還阿洪清白，不過仍不確定自己該怎麼向阿成攤牌，也不確定該不該開口詢問阿成，是否曾經在自己過去那幾段戀愛關係中做了什麼？

與此同時，阿成已經擬了計畫。先前小欣不是自己的女友，所以他可以只對付阿洪，現在小欣已經和他在一起了，卻還和律師勾三搭四，一定要嚴厲地懲罰……

她寫好續集的大綱，還預先想好了幾個場景對白，讀過兩遍，覺得相當滿意。續集故事仍有言情小說的色彩，不過懸疑的氣氛更濃，緊張的情節更多，阿成與小欣個性中的缺陷和陰影都在情節推進間悄悄浮現、慢慢綳緊，在結局才猛然爆發。

《比蒼白更蒼白的影》的確有阿鬼指出的漏洞，但也如阿鬼所言，加強角色設定之後，這些原有的漏洞就可以發展出合理的情節。阿鬼應該看得出來，故事裡小欣與網友的互動，帶著她與阿鬼在網路上來回發訊的影子；不過除了阿鬼的提示之外，她也加入了不少自己的想法，特別是結局的安排，絕對會令讀者再次大呼意外。

不知道這個故事，和阿鬼想像的是否相同？

「我擬好續集的大綱了，不知您有沒有興趣看看，先給我一些意見？如果還找得出問題，我也可以先做修改。」她想了想，嘴角不自覺地微微上揚，繼續鍵入，「當然，寄大綱給您之前，我會先把結局部分移除，免得破壞您的閱讀樂趣。」

寫完訊息，她發現自己的心跳加快。摸摸臉頰，有點兒發燙。

移動滑鼠，游標停在「發送」的圖示上頭。

她輕輕點下滑鼠左鍵。

被感染的愛

07

我們共享的愛情，
似乎毫無前景

〈Tainted Love〉
by The Four Preps

Tainted Love

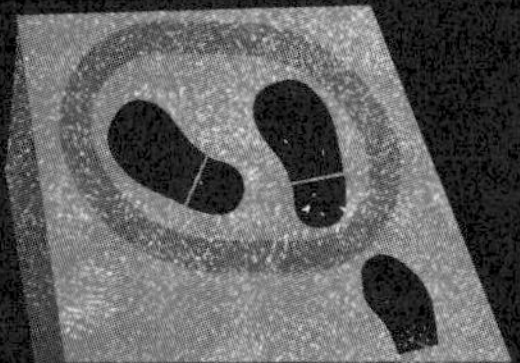

這幾天辦公室裡的氛圍很微妙。

一方面滿熱鬧有趣。另一方面滿緊繃怨懟。

兩種氛圍的重疊區域，就是她的辦公隔間。

這是國內一家老字號出版社的辦公室，出版社有一組人負責雜誌出刊，另一組人負責圖書出版。

按照編制，她負責的是圖書出版的編輯業務，但有時雜誌一忙，也會被找去支援；畢竟她資歷最淺，所以如果圖書總編沒什麼意見，她好像就沒什麼理由拒絕雜誌總編的命令；不過話說回來，圖書總編好像對一切都沒什麼意見。

就像這幾天，她明明處在一個尷尬的位置，但圖書總編完全沒有關心、沒有過問，好像什麼事都沒有發生。

在偶爾能夠喘息的空檔，她都會不由自主地想到：如果請作家寫個像圖書總編這樣沒個性的角色，作家可能會覺得很苦惱吧？

與這家出版社常有往來、經這家出版社出版作品的，當然不止一個作家，但近幾年出版社工作人員提到「作家」時，指的只會是一個特定作家。

作家善於設計立體的、有深度的角色，擅長鋪陳情節帶出細膩的內心戲碼和感情糾葛。想像起來，如果能強迫作家寫個像圖書總編這樣沒個性的角色，作家可能也會寫出一個表面上看起來波瀾不驚實際上情緒複雜的角色才對。

正因為作家刻劃情感的功力能夠打動許多讀者、讓讀者乖乖掏出錢包，成為每月匯入出版社工作人員薪資戶頭數字的主要來源，所以每個出版社人員都明白：除了這位作家，其他作家都還不夠作家，因為大家就是靠這位作家的作品在養家的啊。

作家這幾年最暢銷的作品，是一部尚未完結的系列小說。

系列小說的男主角叫阿倫，女主角叫小卿，首次登場時，阿倫是個剛開始執勤不久的菜鳥警察，小卿是個粉領上班族，兩個人在第一部作品裡談戀愛的橋段，還帶著青春的殘影；接下來的系列作品中，阿倫曾經面對執行警務工作時與特種營業女子之間的情感牽扯，小卿曾經面對職場前輩的誣陷設計與男性主管堂而皇之展現出來的性騷擾。

書評認為這系列作品雖以男女主角的愛情故事為主軸，但每一集都巧妙地利用阿倫與小卿遇上的事件，凸顯當時某些重要的社會議題，可能涉及階層、性別、新科技對社會及人際關係產生的影響，甚至不同政黨之間的明爭暗鬥。也就是說，倘若把眼光聚焦在兩個主角身上，這系列作品就是阿倫和小卿在不同人生階段面對的愛情考驗；但倘若把眼光移到他們每回面對的不同狀況上頭，這系列就能視為整個社會那幾年間經歷的重大事件紀錄。

是故，喜歡戀愛故事的讀者，可以在這系列作品裡讀到不同的愛情樣貌，不只是尋常言情小說裡多金帥哥與小資美女的組合，而是更貼近生活也更讓人感同身受的美好；認為小說應該反應社會、不該只聚焦在談戀愛這件事的讀者，也認為這系列作品值得一讀。加上作家的文字技巧嫻熟、節奏輕快幽默，所以純文學讀者會讀得興味盎然，大眾讀者也會讀得眉飛色舞。

作家的非系列作品十分暢銷，只是阿倫小卿系列的銷售數字更加誇張。出版社負責與作家接洽的主編曾經試著向作家建議：集中精力創作這個系列、縮短每一本系列作的出版間隔、增加系列書目數量；不過作家一聽怒氣爆炸，把主編狠狠罵了一頓，先說自己還有很多題材想要創作，再說自己不是出版社的賺錢工具。主編無力安撫，一向不管事的圖書總編驚覺事態嚴重，親自出馬請作家到高級餐廳用餐謝罪，還把整個圖書編輯部拉去作陪展現誠意，才讓作家允諾把手邊已經接近完工的系列新作交給出版社，甚至答應讓出版社的雜誌部門預先連載下一本阿倫小卿系列作品。

作家交了下一本系列作品一半左右的稿子時，連載開始，雜誌銷量像跨年夜的煙火一樣直往上衝。目前作家已經完成大約五分之四，雜誌刊載的進度也已經超過全書的二分之一；網路上開始出現大量關於後續情節的討論，雜誌部門規劃了一個活動，要讀者寫電子郵件預測結局，出版社的公用信箱快速湧入大量郵件——這是辦公室氣圍熱鬧有趣的原因。

負責整理郵件的人就是她。

雜誌部門規劃這個活動不單只是為了炒熱話題和替後續的書籍出版造勢，還有一個令出版社十分頭痛的原因。

以作家目前的積稿來看，還能撐過下回連載，但作家最近完全沒有交稿。圖書總編詢問的時候，作家只說自己還在思考；等到三個禮拜過去、新稿件都沒出現的時候，所有編輯的腦子裡都浮現一個恐怖的事實：作家根本還不知道接下來的情節該怎麼發展。

雜誌部門規劃預測活動的主因，就是倘若積稿用罄時作家仍沒能交稿，還能以活動的名義暫停一回連載，名義上是吊吊讀者胃口，實際上是要矇混一期。

但這也只能爭取到一個月。如果作家仍然沒有想法，麻煩就大了——這是辦公室氛圍緊繃怨懟的原因。

而所有編輯也都知道：作家創作停滯的原因，與她有關。

在那次全體編輯向作家謝罪的餐聚上，作家終於釋懷、答應出版社後續合作之後，她突然開口問，「為什麼小卿那麼討厭男人？」

席間氣氛倏地一僵。

主編快快地對她道，「小卿在公司裡曾經被男性主管騷擾，當然討厭男人啦，這有什麼好問的？」

「我知道，這是第三集的劇情，第二集阿倫和特種營業女子的糾葛應該也加深了小卿這方面的感覺；」她搖搖頭，「不過小卿對男性的厭惡從第一集就出現了，但第一集裡只把這件事當成原始的角色設定，一直沒有說明原因，所以我才想請教老師。」

作家饒富興味地看著她，「沒見過妳，新來的？」

「是啊，剛到兩個月；」主編回答，瞪了她一眼，補充道，「試用期還沒滿。」

「這問題有意思；」作家沒理會主編，直接看著她，「妳有什麼想法？」

「我覺得可能是小卿或者她的家人好友曾經與男性有過很不好的經驗，不是平常的感情創傷，而是更黑暗一點的東西，這件事影響了小卿，讓小卿心裡產生陰影。」她答。

「答得很快；」作家眨眨眼，「先前想過？」

她點點頭。

這個粗略的想像在她讀第一本系列作時就出現過了。她喜歡讀推理小說，認為推理小說裡最重要的不是凶手的犯罪行動或偵探的解謎過程，而是動機。無論是進行複雜詭計的動機還是堅持緝凶的動機，要解釋得好，角色的舉動才會有說服力，故事也才會好看。

「黑暗的東西啊……這想法有意思；」作家沉吟一下，「我的新作快完稿了，我會再加一些情節來談這件事。或許下一本還可以從這個設定延伸出去寫新故事。」

「不愧是老師！」主編發出不知是真是假的讚嘆。

「妳要不要當我下一本書的主編？」作家還是看著她。

「啊？」她愣了一下，搖搖頭，「我的經驗還不夠，恐怕無法勝任。」

主編開口，作家斜睨一眼，主編的嘴又閉上了。

「謙虛是好事，但別謙虛過頭。」作家道，「這點子有意思，如果我可以順利發展下去，我們可以再來談談當主編的事。總編沒意見吧？」

大家的眼光一起轉向圖書總編，圖書總編沒說話，只是笑著替作家又斟了一杯紅酒。

主編認為作家一定是看上她了，所以才會有差別待遇——明明自己提出建議時被罵得半死，為什麼她提出建議不但被誇獎、甚至還有可能升職？

她不確定這是不是真的。她無法分析作家投射過來的眼光裡有沒有別的暗示，作家後來也沒有私下聯絡過她。但她看過作家在臉書上與其他讀者的互動，認為作家並不是完全不接納其他意見，只是無法忍受原來的主編那種單為銷售而做的盤算。

或者這只是她把作家想得太高尚了？因為作家交出新書稿時，她才發現作家筆下說明小卿厭男傾向的情節，比自己想像的還要黑暗。

該集故事的最後，小卿對阿倫說出一樁埋藏已久的憾事。

小卿有個叫小晶的姊姊，年長許多，小卿小學還沒畢業時，小晶已經成為大學新鮮人。但在一次外出面試家教職務的時候，小晶遇上兩名歹徒，被兩人聯手性侵殺害。兩名歹徒後來雖已落網，但這樁案件在小卿心中留下巨大的陰影。

目前連載的故事，也與這樁案件有關；也就是說，現下作家交不出進度，極有可能是不確定應該怎麼處理案件的後續發展，是故，所有編輯都認為，雜誌連載即將開天窗的危機，追根究柢，是她的責任。

「其實我從現在的稿件進度裡，已經想到解決的方法；」她告訴主編，「可以請主編去向老師說明。」

「妳想整我是吧？我上回被罵得還不夠嗎？」主編沒好氣地瞪著她，又道，「妳也別自己去找老師，如果老師一氣之下不寫了，公司的損失妳能負責嗎？」

不能。她悶悶地整理網友來信，心想，但這樣拖下去總不是辦法吧？

點開一封新的讀者來信，她忽然眼睛一亮。

正在連載的這部系列新作，叫作〈被感染的愛〉。

上一集小卿把造成自己厭男陰影的過去告訴阿倫之後，兩人終於住在一起；最後一個章節，阿倫拿出一枚鑲著小小鑽石的白金戒臺，說自己從初識小卿那天就已經開始存錢，好不容易攢到足夠買下鑽戒的款子，所以正式向小卿求婚。

作家沒有明講小卿是否答應，不過大多數讀者都認為這一對會如此順利地走下去；在〈被感染的愛〉故事開始時，阿倫與小卿仍然住在一起，小卿的手指雖然沒有套著鑽戒，但晚上阿倫不在的時候，小卿會把鑽戒從抽屜裡拿出來試戴幾回，再妥適地收好。

讀者們大多認為小卿已經答應了阿倫的求婚，沒戴鑽戒只是因為不想張揚，或者想等正式辦了婚禮再說。但情節再往前推進一段，讀者們就會開始覺得不大對勁。

阿倫的職務配階剛從一線四星升為二線一星，變成菜鳥分隊長，成天忙得不可開交；這天晚上難得早點下班，阿倫特地去接小卿一起吃晚飯。用餐的時候，阿倫滔滔不絕地談論自己最近倍數增加的工作量，突然察覺小卿有點心不在焉。阿倫認為一定是自己談的警務內容繁瑣無趣，體貼地道歉，改變話題想同小卿討論婚期的相關安排，小卿的反應有點不置可否，似乎沒什麼興致。

吃完晚飯回到家裡，小卿說身體不大舒服，早早就寢。阿倫獨自在客廳用靜音模式看電視新聞，螢幕上五顏六色的標題閃來閃去，阿倫腦子裡的思緒也撞來撞去。阿倫很確定小卿有事瞞著自己，但不知道究竟是什麼事，也不知道該不該問。

隔天中午，阿倫接獲報案訊息，說轄區某棟公寓裡發現屍體。

起先是該棟公寓的一名住戶聞到怪味，認為是從對門傳出來的；試過叫門但沒人應答，住戶才想起已經好幾天沒看到對門有人出入，決定通知警方。警方到達現場，發現傳出怪味的居住單位大門由內反鎖，還上了門栓，拍門按鈴都無人回應之後，警方破門進入，看見倒臥在客廳沙發上的屍體。

死者是名年約五十的男性，阿倫到現場檢視屍體，聽取第一批到達現場、破門入內的警員報告。反鎖上栓的房門，門板和窗戶周圍都貼著膠帶，加上屋裡有個早已熄滅的炭盆，看起來是椿燒炭自殺的案件；屍體沒有外傷，從屍斑的部位研判，死者在倒臥死亡之後就沒被移動過，這幾項證據也指向自殺。

警方在臥室裡找到一個多禮拜前的大賣場發票和購物明細，上頭印著購買炭盆和木炭的日期。「至少我們可以確定，死者一定是在這天之後才自殺的。」警員對阿倫道。

阿倫搖搖頭，「我們還不確定木炭是不是死者自己去買的。」

「分隊長懷疑這不是自殺案件？」警員問，「為什麼？」

「流理臺上有兩個杯子，」阿倫一指廚房，「說不定有其他人來拜訪過死者。請鑑識人員留心一點，不要遺漏什麼跡證。」

阿倫很細心，但鑑識證據顯示這回阿倫只是多慮。房間裡的所有東西，包括購物明細和那兩個水杯，都只採集到死者的指紋；雖然阿倫認為水杯已經洗過了，所以原來的指紋可能已被破壞、僅留下死者洗過水杯後置放在流理臺時留下的指紋，但阿倫也承認，會出現兩個水杯，說不定只是死者在不同時候拿了不同水杯喝水而已。

現場與死者無關的指紋，出現在房門外的電鈴按鈕上，除了報案的住戶與警員之外，還有一枚不明人士的指紋。但按鈕面對公寓樓梯間，誰都有可能接觸，不是什麼有用的證據。

死者的身分調查完成後，阿倫發現另一件事。

這名死者綽號阿凱，是個剛出獄一個多月的受刑人，阿凱二十幾年前曾因一樁小案件服刑，出獄後沒多久又犯下性侵及殺人未遂的重大案件，重回監獄吃了二十年牢飯。那樁讓阿凱再度入獄的案子，受害者被性侵後慘遭殺害；檢方認為阿凱雖然不是主要下手殺人的凶手，但參與了性侵過程。

剛出獄的人，為什麼要自殺？阿倫認為這舉動說不通；接著，阿倫注意到那名受害者的名字。

小晶。受害者就是小卿的姊姊。

阿倫查找報紙及網路紀錄，發現阿凱出獄的消息曾有媒體報導，雖然篇幅不大，但小卿可能讀過——仔細想想，小卿的舉止怪異已持續一段時間，約莫就是從阿凱出獄的時候開始的。

懷著複雜的情緒，阿倫偷看了小卿的手機，還把小卿在家裡留下的指紋送去鑑識組。在鑑識組工作的學弟雖然知道這麼做不合程序，不過拗不過阿倫一面端出學長架子一面低聲下氣拜託的請求，答應私下幫忙鑑識。手機的通話紀錄裡有一個阿倫沒見過的號碼，那是一家徵信社的電話，阿倫以警察身分向徵信社查證，確認小卿曾請徵信社調查阿凱的住處地址。

接著，鑑識報告顯示，電鈴按鈕上的指紋，屬於小卿。

出版社雜誌部門舉辦的讀者活動引發熱烈迴響的原因，就是讀者們紛紛猜測小卿是否為了替姊姊小晶報仇，而犯下殺人罪行；倘若阿凱是小卿殺的，那麼小卿怎麼布置密室？

更重要的是：小卿犯案的話，阿倫會怎麼處理？

讀者來信大多很簡單，只猜測小卿有沒有犯案，以及阿倫的應對方式；認為小卿沒犯案的，幾乎都沒解釋阿凱死亡現場疑似密室的狀況與小卿指紋的問題，而認為小卿親手為姊姊報仇的，則因對「正義」的觀念分歧而產生不同看法——有的認為小卿是替天行道，阿倫應該支持，有的認為犯罪就是犯罪，阿倫應該舉報。

讓她眼睛一亮的那封讀者來信寫得很短。這名讀者認為小卿沒有犯案，而且認為密室及指紋都有合理解釋，並在信末提及，「我已想出其中一種解答。」

她覺得有趣，想了想，回信給讀者，「您好，我是出版社的編輯。您信中指出的後續發展很有意思，我個人認為小卿就是犯人，當然，我不確定作家接下來是否會如此發展，但我並非憑空推測。不知您想出的解答是什麼？」

讀者的回覆很快就出現了，但沒有回答她的問題，反倒是問，「你認為小卿設計了密室？」

「沒錯；」她鍵入回信，「而且我也已經想出可能的做法。」

「期待。」讀者回答。

她負責的另一本書已經送印，下班之後，她依約到印刷廠檢視封面印刷的情況。上一本書的印程出了點問題，機器還沒空下來，她待在會客室裡邊看書邊等待，年輕的印刷師傅幫她買了便當，自己也在另一張沙發上落坐，說機器空下來後要清一下油墨，請她先吃飯。

兩人扒了幾口飯，印刷師傅突然問，「妳想到的密室手法是什麼？」

「啊？」她嚥下一口油膩的排骨肉。

「阿倫小卿系列不是正在連載嗎？」印刷師傅道，「我發了電子郵件去妳們公司預測發展，妳不是回信說妳想到解釋密室的方法了？」

「那封信是你寫的？」她難掩訝異。

「對呀；」印刷師傅想了想，露出恍然大悟的表情，「我一收到回信，就發現是妳寫的，因為我認得妳的信箱；但妳每回發郵件到印刷廠，都是寄到公用信箱，所以我用私人信箱發信到出版社時，妳沒認出我的郵件帳號。」

這不是她訝異的原因。入行一年多，她從沒遇過會讀書的印刷廠工作人員。她知道很多人已經不把讀書當成資訊來源或娛樂消遣，也知道印刷廠接到的工作除了印書之外，還有傳單海報甚至雞排袋便當盒之類任務，但她總覺得處在與書這麼接近的工作環境卻對書沒有任何興趣，實在是一件很可惜的事。

不過，要培養對文字資料的興趣，畢竟得從教育制度等等基礎開始建設，現下的學校教育甭說「培養」，沒「破壞」大家對閱讀的胃口就已經算是萬幸，所以許多人離開學校後就不再接觸書本，沒有特別的契機就不會再翻開任何一本書，就算是成天與書為伍的印刷廠工作人員也一樣。

「我很喜歡讀呀；」聽了她的解釋，印刷師傅倒是回答得理所當然，「這是在印刷廠工作的額外福利嘛。我們這裡印的書，大多數我在收到排版檔案時就會先讀完。」

她和他聊了起來，發現他並沒有刻意誇大自己的閱讀數量，她工作的出版社每一本在這家印刷廠印製的書，他都對內容一清二楚，言談之間還會援引其他書籍的例子來說明自己的看法。

「你一年讀幾本書？」她很好奇。

「沒仔細算過；」他抓抓頭，「大概兩百多本吧。」

「所以大概三天讀兩本？」她快速地換算了一下，「這數字比大多數檯面上的評論者都多啊！而且你對每個書的看法都挺精準的，有發表過書評之類文章嗎？」

「沒有，」他搖搖頭，咧嘴笑了，「我討厭長篇大論地打字。」

她想起那幾封異常簡短的郵件，也笑了起來，「那有想過離開印刷廠，到出版社上班嗎？」

「為什麼要去出版社上班？」他問，「我從前以為編輯會和作者一起討論作品，覺得到出版社上班應該滿有趣的，剛出社會時的確也投過一些履歷，但我念的是職業學校，不是大學相關系所，所以根本沒有出版社找我面試。」

「編輯工作沒有哪個大學的相關系所在教啦；」她辯解。

「大概是那幾家出版社的主管不大信任職業學校的畢業生吧。」他聳聳肩。

她不知該說什麼，他又笑了，「但是我後來發現出版社出很多翻譯書，這樣根本沒有和作者討論的機會，而國內作者的作品，尤其是小說，有些問題很明顯的角色設定或情節安排也都沒有修正，打聽了一下，才知道很多作者不喜歡或不接受編輯的意見，這樣自然也不會有討論。既然無法對作品內容多做什麼，所以我覺得在這裡工作挺好的，沒必要進出版社嘛。」

「你認為與作者討論作品很重要？」她問。

「我認為那是編輯最重要的工作。」他點點頭，「當然這只是我一廂情願的想法。

不過我認為出版其實是集體作業的成果，內頁排版、封面設計、印務裝訂等等，都與書本最後完成的樣貌有關；作品原初自然是作者的創作，但協助作者把內容變得更完善、修改情節邏輯、補強人物設計，就是編輯應該提供的專業協助。」

他的想法與她相同，但她在出版社工作的同事們似乎都不這麼認為。真奇妙；她想：一個印刷師傅對編輯工作的想法，居然比出版社編輯更像編輯。

「妳還沒說那個密室是怎麼回事哩；」他提醒。

她把自己想到的密室手法告訴他，他專注地聽著，眼睛慢慢睜大，「哇，這個很厲害。不知道故事會不會這樣發展？」

「我也不知道；」她搖搖頭，補了一句，「我想不大可能。」

「為什麼？」他問，「妳可以把這個想法告訴作家呀。」

她嘆了口氣，沒說什麼。

「唔？」他沒追問，停了一會兒，道，「我認為妳的手法有個問題。」

「我的密室詭計有破綻？」她揚起眉毛。

「不是，詭計聽起來沒有破綻；」他道。

「那你說的問題是什麼？」她問。

「妳讀過天城一的《密室犯罪學教程》嗎？」他反問。

「沒有。」她承認。

「簡單來說，《密室犯罪學教程》是天城一對推理小說裡密室詭計的研究，以及對推理作家的回應，內容包括多篇他當作實例的短篇小說創作，以及相關評議文章。」他說明，「這本書裡讓我印象最深的是天城一認為：密室其實是童話故事。」

「童話故事？」她狐疑，「什麼意思？密室和王子公主或會說話的動物沒什麼關係吧？」

「不是那種童話故事。」他微笑，「妳知道，有些密室是意外形成的，例如受害者負傷逃入房間、將門反鎖，然後在房裡死去——這麼一來，房間就成為密室，但其實受害者不是在密室裡被殺害的。」

她點點頭，他續道，「天城一認為，除了這類密室之外，其他人為設計的密室，都是在現實當中不會發生的童話故事。」

「哦？」她歪著頭想了想，「雖然不是每個密室的設計都完全合理，但推理小說裡還是有不少可以實際執行的密室手法吧？」

「天城一的著眼點不在密室詭計能否實際執行，」他道，「而在於就算現實當中有個犯罪者想出厲害的密室詭計，也不會這麼做。」

「為什麼？」她覺得自己一直沒抓到這段對話的重點。

「因為天城一認為，如果有個十分聰明的罪犯計劃殺人，這個罪犯不可能讓現場變成密室，相反的，罪犯會讓現場看起來很平常、沒有疑點，或者留下指出錯誤方向的線索；製造密室，怎麼說都太令人起疑了。」他解釋，「至於不夠聰明的罪犯呢？根本就想不出密室。所以，天城一才會認為密室就像童話故事一樣不切實際。」

「原來如此。」她聽懂了，但沒被說服，「不過現在故事裡的這個密室，看起來就像自殺現場，應該符合『指出錯誤方向的線索』吧？小卿仍然有可能犯案呀。」

「沒錯；」他點點頭，「但是，如果小卿布置了密室，用了類似妳設計的縝密計畫，那麼她在電鈴按鈕上留下指紋、在手機裡留下徵信社的通聯紀錄，就顯得太粗心了。注意這兩件事，都比布置密室來得簡單；而且她和一個警察住在一起，應該早就會留心不讓阿倫找到證據才對。」

聽起來有道理，畢竟這兩件事是阿倫懷疑小卿涉案的主因。她眨眨眼，依此推論，假使小卿知道阿凱出獄後決定復仇，就更應該要讓生活看起來一切正常，不讓阿倫察覺她有什麼異狀——不過小卿在系列故事裡一直表現得很單純，不會是這麼有心計的人。

「妳也想到了吧？」他看著她的表情，「使用密室詭計的另一個問題，就是與小卿這個角色的設定不符。」

「我先前只想到小卿其實很聰明，所以覺得她的確可能想得出密室計畫；」她頷首，「不過我沒考慮到角色的個性。」

「所以我剛說『妳的手法有個問題』，指的不是詭計本身；」他說，「而是這個系列十分寫實，放進一個密室，調性不大對勁。」

「那你認為小卿沒有犯案、但又能解釋指紋及通聯紀錄的方法是什麼？」她想起他先前的郵件內容。

「我認為，」他清清喉嚨，「阿凱是自殺的。」

「這不行啦；」她擺擺手，「阿凱已經服完刑期，重新開始人生了，為什麼要自殺？」

「受刑人出獄後無法適應社會的情況很多；」他道，「而且我認為，阿凱坐牢應該是椿冤案。如果他蒙受不白之冤二十年，出獄後生活又有問題，那麼心情可能就會很灰暗，進而結束自己的生命。」

「等等，」她舉起手，「你這推論跳太快了。冤案是怎麼回事？在先前的連載裡，小晶的案子講得很簡略，所以看起來罪證簡單明白，為什麼會變成冤案？」

「就因為講得很簡略；」他笑了笑，「所以有很多可以發揮的疑點。」

小晶遇害的案子在上一本系列作僅是匆匆帶過，但目前連載的進度裡提及，自從阿倫發現小卿心神不寧的原因可能與阿凱出獄有關之後，便調閱小晶的案件資料開始研究。

那椿案子的主要凶手叫陳仔，是阿凱首次服刑時認識的獄友，兩人並沒有特別親近。阿凱犯的是輕罪，沒多久就出獄了，也順利地找到工作及租屋處；陳仔出獄後的運氣不佳，找上阿凱請求暫時收留，阿凱心忖兩人同是難友，答應讓陳仔暫時與自己同住。

兩人同住的租屋處，就是小晶被殺害的地點。

案發之後，法醫到達現場相驗屍體，屍體被搬離的時候，法醫看見床墊上有不少自死者下體流出的精液，研判性侵者不止一人。房間的租用者阿凱馬上被拘留，已經逃離現場的陳仔不久後也被警方逮捕。陳仔先供稱性侵及殺人都是阿凱幹的，在相關證據陸續鑑識完成、大多指向陳仔才是行凶之人後，陳仔改口承認是自己設局誘騙小晶，但仍緊咬阿凱，指稱阿凱也參與犯行。

在庭訊過程當中，阿凱曾經主張自己並未涉案，不過陳仔的供詞與法醫的認定都對他不利，精液的ＤＮＡ檢驗報告也無法排除阿凱犯罪的可能，是故阿凱最終入獄服刑，沒有再提起上訴。

她重讀了目前的連載，整理出這些與小晶案件相關的資訊。將阿凱關入大牢的主要證據有三個：陳仔的供詞、法醫的判斷，以及ＤＮＡ檢驗報告；假設如他所說，阿凱是被冤枉的，就得向讀者解釋這三個證據有什麼問題。

陳仔的供詞或許是假的，這個比較好解決；她盯著自己整理的資料，皺眉思索：但法醫的判斷和ＤＮＡ報告都有問題？這很難自圓其說。

下班的時候，她打電話給他，「我想了一晚，覺得冤案這個設定不大成立。」

「絕對成立。」他的聲音很肯定，「只是妳還沒想到。」

「我想過很多種說法啦，」她在電話這頭扁嘴，「沒有一個夠有說服力。」

「有啦；」他笑了一聲，「我就想到一個呀。」

「說不定你想到的也有漏洞，」她不大服氣，「說出來聽聽。」

「妳真的很在意啊；」他頓了一下，道，「我今天沒輪晚班，剛離開印刷廠，想去二手書店找書，如果妳晚點有空到書店附近碰個面，我再告訴妳。」

她原來同他約在二手書店附近的泡沫紅茶店見面，想順便在泡沫紅茶店裡吃個簡餐解決民生問題；不過兩人在門口碰頭時，發現彼此都還沒吃晚飯，他於是領著她在巷子裡穿梭，走進一家門面看起來老老破破、裡頭卻人聲鼎沸的燒臘店用餐。燒臘不貴但分量十足，兩人吃過飯回到泡沫紅茶店，她不好意思光占著位置不點飲料，但看著送上桌的珍珠奶茶，她發現胃裡已經沒有多餘的空間。

「對不起，」她抬頭對店員道，「我可能喝不完，麻煩幫我改用外帶杯。」

店員把珍珠奶茶端走，他看看她，「吃太飽？」

「你應該先警告我那家燒臘店的餐點分量。」她瞪他一眼。

「那妳喝我的好了，」他把自己面前散著熱氣的煎茶推向她，「喝茶解油膩。」

她搖搖頭，「快告訴我你想的情節。」

「剛吃飯時妳提到的三個證據的確是重點；」他把茶杯拉回來，「首先，我認為陳仔說謊。陳仔是案件的主嫌，把阿凱拉下水，只是覺得自己橫豎躲不過，乾脆多拉一個人一起受罪。」

「這個我也想過；」她道，「問題是其他兩個證據。」

「再者，精液的問題；」他拿起茶杯湊近嘴邊，覺得太燙，又把茶放下，「因為量多，所以法醫認為不止一人犯案。」

「對，精液的事你怎麼解釋？」她傾身發問，又直起身體抬眼道，「喔，謝謝。」

店員放下裝滿珍珠奶茶的外帶杯，表情古怪地看了他一眼。

「連載的相關部分，其實只說法醫看到現場遺留不少精液，『看到』兩字不精確，『不少』兩字很模糊；」他轉頭看店員離開了才繼續說明，「後來庭訊的情節裡，法醫也沒有補充數據，只說依據經驗，目測精液量超過三十毫升，高於一般男性的平均值二到六毫升很多，因而認為一定有一人以上性侵。」

「數字聽起來沒什麼問題呀。」她說。

「這個數字大有問題。」他解釋，「陳仔性侵時可能不止射精一次，性行為當中產生的體液也並非只有精液；而且不要忘了，性侵過程中可能會讓小晶出現傷口，加上小晶後來被殺，所以現場還會有血跡。連載情節當中沒有提及法醫看見的體液究竟混了多少精液之外的東西，所以其實無法確定二十毫升的體液當中，到底有多少精液。」

唔。她皺著眉點頭，他接著道，「再說，這二十毫升還是『目測』出來的數據。」

「你認為一個有經驗的法醫，沒法子僅以目測估算有多少液體？」她問。

「我認為很難。」他拿過兩張餐巾紙，摺了幾摺，擺在桌上，再抽出珍珠奶茶的吸管，在桌面上和餐巾紙上都滴了幾滴奶茶，「流體在固體上頭擴散的狀況，與流體的成分、固體的材質，以及兩者接觸的表面積有很大的關係。妳看，奶茶在桌面上和餐巾紙上呈現的狀況，就完全不一樣，就算是滴在同樣的平面上，擴散的樣子也完全不同。法醫還沒分析犯罪現場體液的成分，也不知道床墊的材質，光用『目測』，其實和瞎猜差不多。」

她瞪著桌上的幾滴奶茶，他把吸管放回外帶杯，又抽出來，「再說，靠目測真能看出二十毫升嗎？如果是十五毫升呢？十二毫升呢？我們可以來做一下實驗……」

「等等，」她出手制止，「我明白你的意思，別再把奶茶滴到桌上了。」

「喔，好。」他把吸管插進外帶杯，「我的重點是，靠這個判斷犯案人數，變數太多了，不能作準。如果阿凱並沒有涉案，他喊冤的時候檢警卻沒有更確實地調查數據，就會構成冤案。」

「那個，」她道，「我還是喝你的煎茶好了。」

「啊？」

「我現在不想喝奶茶了。」

他看看奶茶，抓抓頭，忽然明白了，「抱歉。」

「解決兩個證據，還剩ＤＮＡ報告。」她淺淺啜了一口煎茶，「這可沒有模糊地帶了吧？」

「有。」他拿起奶茶，又放下來，「ＤＮＡ報告沒有大家以為的那麼牢不可破。」

「怎麼說？」她懷疑。

「故事裡提到ＤＮＡ檢驗報告無法排除阿凱犯罪的可能，這表示檢驗報告其實無法確定阿凱有沒有侵犯小晶——可能有，也可能沒有，總之不知道。」他又抓抓頭，「我讀過一些資料，二十年前的ＤＮＡ鑑定技術，大概有百分之九十的準確度。如果阿凱和陳仔的ＤＮＡ數據本來就很接近，那就有可能被搞混，再加上案發地點在阿凱平常睡覺的床上，採集的過程如果不小心，沾染上阿凱ＤＮＡ的機率就很高。事實上，ＤＮＡ鑑定技術近年來已經大幅進步，目前的誤差只有百萬兆分之一，《冤罪論》這本書裡就提過一個發生在日本的類似案例，坐了十幾年牢的人因此重獲自由，法官還當庭向他致歉。」

「但是阿凱後來放棄上訴了，」她沉吟道，「沒有重新檢驗，所以也就沒機會發現這件事。」

「沒錯。」他拿起珍珠奶茶，用力吸了一口。

他的想法的確有道理，她想。

雖然閱讀起來有時會出現推理趣味，但阿倫小卿系列一直不是傳統的推理類型作品，在這樣的系列裡出現一個相當具有古典推理氛圍的密室謎團，確實不大合適，讓個性單純甜美的小卿變成擬定殺人計畫的罪犯，也著實有點牽強。

照他的揣想，故事將會如此發展：阿倫在檢視舊案資料時發現異狀，進一步推論出阿凱可能坐了二十年冤牢，加上出獄後已經與社會脫節太久、身上又背著性侵及謀殺未遂罪名，生活難以順遂，就會萌發輕生念頭。

「這麼一來，阿凱就真的是燒炭自殺。」她喝完煎茶，把茶杯放下，「不過還得解釋小卿找徵信社以及電鈴按鈕上有小卿指紋的原因。」

「對，」他還在吸外帶杯底的最後幾顆珍珠，「如果阿倫可以查清楚這兩件事，故事就能在小卿沒有犯罪、兩人的婚禮不會生變的情況下結束，說不定還可以一併解開小卿因小晶案件積鬱多年的情結、揮別人生的陰影，一舉多得。」

「你有什麼想法？」她等他放下外帶杯，開口問他。

「的確有一些想法，但細節還不夠具體；」他咧嘴笑笑，「有興趣的話，我們可以討論看看。」

讀到阿凱出獄的新聞，小卿的情緒十分激動。

小卿一直記得小學的那個下午，小晶興奮地說自己要去應徵一份家教工作，小卿在小晶身邊轉來轉去，看著小晶挑選面試要穿的洋裝、坐在鏡子前面仔細上妝，覺得姊姊真是漂亮，希望自己長大之後也能變成這樣的女生。

出門之前，小晶蹲下身子抱抱小卿，叮囑小卿說自己吃晚飯時就會回來，要小卿記得先寫學校作業。

但吃晚飯時小晶沒有回家。那是還沒有手機的年代，小晶也沒有當時被稱為「BB叩」的呼叫器，爸爸媽媽有點擔心，打了幾通電話詢問，小晶的幾個好朋友都沒和小晶在一起。其中一個朋友安慰小卿的媽媽，說小晶既然是去面試，可能相談甚歡後接受了雇主的晚餐邀約，媽媽道就算如此也該先打個電話通知家裡，朋友附和幾句，還說我會幫阿姨唸唸小晶。

晚上十點多，小晶還沒回家，小卿坐在書桌前瞪著作業本，聽見在客廳的爸媽商量著應該報警。

門鈴響了。小卿從房間裡衝出來，看見媽媽打開家門。一個制服員警站在門口，對媽媽講了幾句話，媽媽身子倏地一軟，幸好被爸爸接住。

小卿還不知道發生了什麼事。但心裡隱隱有個感覺：下午與姊姊的擁抱，是自己最後一次見到姊姊了。

「我們好像討論太多這種細節了。」他說。

「哪種？」她問。

這幾天他們在下班後頻繁見面討論情節，沒去注重情調的高檔餐廳或咖啡館，大多在小吃店解決晚飯後隨便找個可以耗上一兩個小時的飲料店，有回甚至在便利商店買了罐裝茶，坐在公園長椅上就聊了起來。

「我們不是應該多討論小卿與犯罪現場之間的關係嗎？」他道。

「現在討論的這個有助於加強小卿去找阿凱的動機嘛！」她答。

「也對。只是我覺得這個部分，不一定要照這樣發展；」他想了想，「作家如果用別的方式加強動機，例如小晶出事那天和小卿吵了架，小卿在家裡生氣詛咒姊姊，結果小晶真的遇害了，小卿心裡很自責——這樣一來也能補強小卿找阿凱復仇的動機吧。」

「有道理。不過討論這些很開心呀，」她笑道，「作家不這麼寫也沒關係。」

「這麼愛編情節，妳乾脆也不要當編輯了，不如自己寫作吧！」他也笑了。

「不要。」她搖頭，「就現有的內容提出修改調整的建議，這我辦得到，但我沒法子從『什麼都沒有』的情況下產生故事的原初構想。」

「或者當影子寫手賺外快？」他幫忙出主意，「妳知道的，ghost writer，名人提供一些想法和元素，或者粗略的大綱，交給妳讓故事長出血肉。只是成書的作者不會掛妳的名字就是了。」

「能把故事講好的話，我倒沒那麼在意有沒有掛名；」她歪了一下腦袋，「話說回來，編輯的名字會在版權頁出現，但如果沒和作家有什麼討論，其實就失去了一些意義。」

「那就先別管和作家討論的事了；」他抓抓頭，「我們想想，小卿知道阿凱出獄，也有復仇動機，然後呢？」

阿凱出獄的消息在小卿心裡卡了兩個多禮拜。小卿仍然照常上班下班，阿倫晚上加班的話，小卿會自己胡亂打發晚飯，阿倫可以回家吃飯的話，小卿也無心下廚，就囑阿倫順便買外食回家。幸好阿倫剛升分隊長不久，公務繁忙，沒有馬上發現小卿有點異常。

一個念頭在小卿心裡開始發酵，但小卿不確定是不是該這麼做。小卿無法接受小晶已經離開二十年，而加害者阿凱不但出獄了，而且還好好地活著。

小卿想要親手殺了阿凱。

只是如果這麼做，與阿倫的關係肯定會產生變化。阿倫是個好警察，倘若小卿真的動手殺人，阿倫絕對不會接受。

這兩股思緒在小卿腦中相互撞擊，力量強大。某晚，小卿拿出阿倫送的鑽戒，套上手指，思索許久，把鑽戒收回戒盒，下定決心。

隔天，小卿打了電話給徵信社。

徵信社的動作很快，三天之後，小卿就在公司收到快遞送來的調查報告。

報告指出，阿凱目前獨居，無業，跟監紀錄顯示阿凱並未與任何友人接觸，大多時間足不出戶，偶爾出門也只是採買民生用品或者到處閒晃。從走路的姿勢看來，阿凱的腰腿應該都有毛病，但並沒有就醫。阿凱的租屋地址，附在報告最後。

小卿沒到過那個街區，不過並不難找。

站在阿凱房門外，小卿再次確認隨身手袋裡放著自己從家裡帶出來的水果刀，深吸一口氣，按下門鈴。

來應門的阿凱看起來很蒼老，表情很困惑。「妳要找誰？」

「我是小晶的妹妹。」小卿回答，驚訝地發現自己比想像中沉著。

「喔。」阿凱困惑的表情褪去，眼神流露出某種釋然，「請進。家裡很亂，不好意思。」

小卿感覺小晶正和自己站在一起，並不覺得害怕。踏進阿凱家中，小卿發現與其說「家裡很亂」，不如說「家裡很空」——客廳裡沒什麼東西，轉頭可以看見的廚房中，也沒什麼杯盤之類的器具，倒是角落裡堆著看起來準備烤肉用的木炭和炭盆。

「喝杯水吧，我也只有這個可以招待。」阿凱倒來兩杯水，放在客廳茶几上，自己坐進單人藤椅，「請坐。」

小卿仍然站著，沒有碰水杯。「我不是來接受招待的。我是來殺你的。」

「我想也是。」阿凱的表情沒變，「不過我早就死了。」

「死了？你侵犯我姊，害死我姊，現在還好端端地在這裡和我講話；」小卿不自覺地提高了音量，「你在說什麼鬼話？」

「被判有罪時我就已經死了。」阿凱很平靜，「我和妳姊的事沒有關係。」

阿凱告訴小卿，案發當晚他下班返家，同住的陳仔不見蹤影，隔了一段時間，他才發現小晶躺在臥室裡的床墊上，已經沒有生命跡象。

「妳也許不知道，」阿凱對小卿說，「通知警方的人，就是我。」

接下來的發展，小卿很清楚：租屋者是阿凱，本來就是重要關係人，而趕到現場的法醫認為不止一人犯案，以及後來陳仔落網後的供詞，讓阿凱從報案者變成嫌犯。雖然相關跡證的檢驗結果陸續提出之後，陳仔改過幾次供詞，但始終沒放過阿凱，再加上DNA檢驗無法排除阿凱涉案的可能，法院認定阿凱的抗辯無效，阿凱被安上性侵及殺人未遂的罪名，鋃鐺入獄。

「當時我曾經考慮過提起上訴，入獄服刑後，我爸媽也說要申請更審。」憶及往事，阿凱緩緩搖頭，「但是我家的經濟狀況不好，坐牢的時候我不但沒法子賺錢給他們，他們每個月還得寄錢給我。如果申請更審，又要再花訴訟費用，我實在沒法子這麼做。認識陳仔，算我倒楣；一時心軟答應收留他，讓他在我家害死一個人，算我笨。但我不想再拖累我爸媽。」

小卿沒有說話，阿凱停了一下，首次落出苦澀的表情，「現在想想，放棄上訴，也是很笨的一件事。」

過了將近二十年，阿凱出獄，發現社會已經變得十分陌生。他依著報紙求職欄找工作，但因為有不堪的案底，所以處處碰壁。

「我爸媽在我坐牢時都走了，我沒能好好孝順他們；」阿凱說，「我現在五十多了，人生有一半的時間都在牢裡，沒有什麼資歷，找不到工作，就算想出賣勞力，身體也已經在坐牢的時候搞壞了。妳說我還活著做什麼？如果殺了我會讓妳好過一點，那就快動手吧。」

「這麼一來，我們就解決了電鈴按鈕上的指紋問題，也解釋了為什麼會有兩個水杯。」他拍拍手，表情很滿意。

「然後小卿沒殺阿凱就走了。」她接話。

「對。」

「你覺得小卿會相信阿凱嗎？」她問。

「可能會。」他抓抓頭，「妳覺得呢？」

「不會。」她道，「我覺得小卿會對阿凱說，『我不相信你』。」

「但是小卿卻沒有動手？」他眨眨眼。

「我認為像小卿這樣的角色，不會真的動手殺人；對啦，我知道我還幫小卿設計過密室詭計，不用你提醒。」她發現他的眼神帶笑，預先舉起手來阻止他的發言，「而且，我對後續的情節有些想法，讓小卿不相信阿凱，會更有張力。」

●

「我知道妳去找過阿凱。」阿倫平靜地道。

坐在床沿的小卿身體一僵，「誰？我不認識。」

「放輕鬆。我是個警察，而且妳很不擅長說謊；」阿倫摟住小卿的肩膀，「關於阿凱，我有些事要告訴妳。」

在這幾天當中，阿倫除了查閱舊案紀錄之外，也從監獄調了資料，還根據阿凱住處留下的報紙，找到幾家阿凱曾去求職的公司，實地做了訪談。

阿倫認為阿凱的案子疑點甚多，因而聯絡法醫，要求調閱該案精液的準確量測紀錄，但法醫認為這樁案子已然終結，沒有理會阿倫。

「事實上，雖然阿凱放棄上訴，但陳仔並沒放棄；」阿倫對小卿道，「陳仔只是想賭賭運氣，但愈是調查，真相就愈明顯。在前幾年的一次更審當中，法院已經採用新的DNA檢驗報告，排除了阿凱涉案的可能，只是因為阿凱放棄上訴，所以沒有因而出獄，罪名也沒被撤除。」

幾家公司都告訴阿倫，阿凱並未被錄取。有的公司解釋因為阿凱年紀太大，沒法子再從基層職務做起；有的公司表示因為阿凱缺乏一些必備常識，無力應付工作上可能遇上的狀況；有的公司坦承不願意錄用曾犯重大刑案的更生人，還有個負責仲介臨時工的公司明白地說阿凱的體能完全不適任。

「阿凱是個可憐人，二十年冤獄，出獄後一無所有。」阿倫溫柔地道，「阿凱已經走了，害死小晶的真凶接受了法律的制裁，不要再讓這件事困擾妳了。」

小卿哭了起來。

「暫停一下，」他舉手發言，「陳仔更審、法院接受了新的DNA檢驗這個部分，前面完全沒講到，可能不大妥；另外，既然法院已經排除阿凱涉案的可能，但阿凱還是繼續坐牢，這可能也要再查查資料，才能確定制度面是不是這麼做的。」

「這只是我目前的想法，作家說不定可以做其他安排，如果作家也打算這麼做，我去問問律師制度面的事也不難；」她不認為這是問題，「我只是希望增加阿凱沒有犯罪的可信度，你提過新的DNA檢驗技術，應該可以放進去。」

「也對，」他點點頭，「那小卿哭什麼呢？」

小卿對阿倫坦承自己找過阿凱，並且把與阿凱之間的對話告訴阿倫。

「阿凱當時告訴我，他並沒有犯案。」小卿用阿倫遞來的面紙拭淚，「後來我看到阿凱死掉的新聞，想起他說如果殺了他會讓我好過一點，他願意讓我殺掉。雖然我沒殺他，但我是不是把他逼死了呢？」

「妳怎麼會這麼想？」阿倫輕拍小卿的背。

「因為我不相信他啊！」小卿的背部起伏加劇，「這二十年來我都憎恨著阿凱和陳仔，甚至帶了刀子想要殺掉他，最後還不相信他是無辜的，一定讓他感到更絕望了啊！」

「妳去找阿凱之前，阿凱本來就已經打算自殺了。」阿倫說。

小卿轉頭看著阿倫，「你怎麼知道？」

「我們在阿凱的住處找到購物明細，知道買木炭的時間是那天中午；」阿倫捧著小卿的臉，「阿凱當晚原來就要尋短，妳有沒有找他，都是相同的結果。」

小卿把頭埋進阿倫胸口，放聲哭了出來，但哭聲裡聽得出釋懷的放鬆。

阿倫抱緊小卿，知道小卿現在最需要的，不是言語安慰，而是盡情發洩。

其實阿倫明白，阿凱雖然有意自我了結，但不見得當天就會進行，因為阿凱並未在中午買完木炭後就燒炭自盡。小卿離開阿凱之後，阿凱還清洗了水杯，才開始執行燒炭計畫；阿倫認為，小卿不相信阿凱無罪，的確讓阿凱下定決心自我了斷，但阿倫也認為，自己不需要向小卿說明這個部分。

就讓這椿罪案造成的傷害到此為止吧。

「這個結局很不錯啊！」他由衷地讚賞，「而且沒有用密室詭計，直接訴諸情感與罪惡，作家應該很能駕馭這樣的情節，寫出來的故事應該比我們討論的更有力道。」

「不准再提密室詭計了。」她假裝生氣。

他舉起雙手做出投降姿勢。

「但是還有一個問題。」她雙肩一垮。

「我看不出故事還有什麼問題。」他轉轉眼睛。

「有問題的不是故事。」她嘆了口氣。

她說明主編先前建議作家時惹出來的風波，以及自己提示作家後，作家發展出來的謀殺情節。根據她的觀察，作家對於在網路上與其互動的讀者似乎比較客氣有禮，也比較願意聽取意見，但對編輯就比較沒有耐性；她認為自己當時只是提供一些劇情需要的可能，作家就比較聽得進去，也比較願意考慮列為劇情發展的選項，但對主編提出的出版建議，就完全無法接受。

「或者作家只是沒法子對漂亮女生發脾氣。」他插嘴。

她瞪他，「你這說法和主編講的差不多嘛。」

「差多了。主編提供建議，結果被作家罵了一頓，還勞師動眾地讓主管和同事陪著一起道歉，但妳給的建議不但被作家接受了，還依此寫了好情節，主編當然會看妳不順眼，認為作家對妳有意思；」他理所當然地道，「但我講的就是我的真實感受。」

唔？她微微一愣，急急把話題拉回正軌，「我的意思是，作家可能不會接受編輯的建議，所以雖然我們討論得很開心，情節設計得也很完整，但根本沒法子告訴作家。」

「妳怕主編有意見的話，請主編去講嘛。」

「主編覺得作家一定會罵，不會願意的啦。」

「那妳自己去講呀，作家應該會聽妳的。」

「主編禁止我直接和作家聯絡。」

「不理主編不就得了？」

「你說得倒輕鬆。」

「嗯……說真的，我認為越過主編找作家沒什麼問題。」他交疊雙臂想了想，抓抓頭，「妳只要給作家一些提示，像上次那樣，照妳的經驗，作家就有可能接受了。」

「我們想的這麼一大段，有太多細節，」她扁扁嘴角，「我想不出什麼簡單的提示方法。」

「不過作家不需要照著寫呀，」他道，「只要可以朝向類似的方向發展、可以把前面的水杯、指紋等等設定接上來就好了。」

「話是這麼說沒錯，」她看著他，「不然你告訴我該怎麼提示才好。」

「呃……」他皺著眉想了會兒，又抓了抓頭，「我也沒想法。」

「是吧。」她雙手一攤，「其實比較好的方式，是有個人可以和作家討論，就像我們討論這樣，指出一些方向，讓作家接續思考，如果思緒卡住了或布局出現漏洞，再以討論的方式協助補強。」

「這本來應該是編輯的工作，」他延續她的思路，「但現在和作家討論的人不能是個編輯。」

「就是這樣。」她道。

他的嘴角浮出一個微笑。

「笑什麼啊？」她皺眉。

「我想到一個辦法。」他答。

「既然不能直接以編輯的身分去找作家建議和討論，妳又覺得作家對讀者比較客氣，」他的笑容愈來愈大，「那我們就用讀者身分去接觸作家吧。」

「再找一個人和作家討論？」她問，他搖頭，還沒開口，她已經想通了，「喔，我明白了，你的意思是我們可以寫電子郵件給作家，和作家討論情節。」

「對，作家不認識我，用我的信箱發信，作家就會當成是一般讀者。」他道。

「你那麼懶得打字，」她狐疑，「能透過電子郵件討論什麼？」

「那妳來寫好了。」他做出邀請手勢。

「讓我用你的電子郵件帳號？」她眉頭微皺，接著舒開，「這樣吧，情節是我們一起想的，我們就一起申請個新的郵件帳號，兩個人都有使用權限，專門用來和作家討論作品。」

「好主意！嘿嘿，」他又笑了起來，「說不定以後看到其他還來得及修改的作品，我們也可以用這個虛擬身分和不同作者討論。」

「你還真閒。」她也笑了。

「讀到有問題的小說，我總會覺得很彆扭。」他聳聳肩，掏出手機，「事不宜遲，我馬上申請新帳號。」

「行動派啊。」她看著他用兩個姆指飛快地打字。

「是的，」他邊打字邊說，「我已經想好虛擬身分的名字了，就叫『影子寫手』，ghost writer。」

「不好啦；」她阻止他，「我們又沒打算代寫，只是要協助作家討論情節而已。搞不好看到『影子寫手』這幾個字，作家會覺得我們是想利用他的名號發表作品，還沒看信就生氣了咧。」

「作家也太容易生氣了啊；」他放下手機，「那妳說用什麼名字比較安全？」

「人家說『魔鬼藏在細節裡』，」她歪著頭想了想，對他眨眨眼，「既然這個身分是從討論情節設定的細節裡誕生的，就叫『阿鬼』吧。」

我自己的鬼 The Ghost Of Myself

現在回頭，我能看到我自己的鬼，如同從前的我；
現在回頭，我能看到我自己的鬼，糾纏著我。
——〈The Ghost Of Myself〉by Pet Shop Boys

「你是阿鬼嗎？」

這話一問出口他就後悔了——在電子郵件裡看到「阿鬼」二字感覺很蠢，聽到自己的聲音唸這兩個字感覺更蠢。

幸好這是線上活動。倘若是一大群人面對面的現場座談，他可能會覺得更尷尬。

話說回來，剛在講座中提到「阿鬼」的那傢伙倒很自然，語調愉快，彷彿遇上阿鬼是椿有趣的事。

那傢伙是前不久剛以短篇推理〈大大的小黃〉拿下文學獎項的年輕作家，新人真輕鬆啊，不用顧及太多文壇形象，想說什麼就說什麼。

因為全球大流行的肺炎疫情，許多講座改為線上舉行；他一向偏好實體活動，理由不是喜歡與讀者交流，而是享受被書迷仰慕的眼光包圍，所以主辦單位提出線上講座的邀約時，他本來沒什麼興趣，況且這場線上講座的主角並不是他，而是那傢伙。

不過，主辦單位提到要請他和另一位資深作家聯袂擔任講座對談嘉賓時，他想到一件事。

講座主題要談小說創作。那傢伙算是很懂禮貌，坦言自己的創作經驗還不夠多，邀兩位前輩對談，正是想藉講座的機會討教；資深作家的話不多，所以整場講座的主角感覺仍舊是他，他自然沒放過機會，以他先前出版的長篇小說《敲木頭》為例，精采地講述了幾個創作時必須注意的要點。即使不是實體活動，他相信上線的聽眾仍會陶醉在他的魅力當中，畢竟他是三個主講者當中最具群眾魅力的明星作家。

接近最後的Q&A時間之前，那傢伙說打算把〈大大的小黃〉擴寫成長篇，後續會出現意料之外的逆轉，因為這篇得獎作品裡的推理過程其實存在瑕疵，而建議他增寫更多情節修正問題的人，正是阿鬼。

他皺起眉頭。他答應出席講座的原因的確與阿鬼有關，但他沒料到會在講座裡直接聽見這個名號。

〈大大的小黃〉他已經讀過——他就是那個文學獎項的評審之一。他讀的時候沒發現什麼問題，打了不錯的分數，但現在那傢伙大剌剌地表示該作有情節瑕疵，就好像在說他讀得不夠仔細——就算新人不顧自己的形象，也該當心會不會因此得罪人啊。

令他訝異的是，進入Q&A時間後，有幾個聽眾也提到阿鬼。

有個年輕男孩說自己在部落格上寫一個叫〈英雄們〉的故事時，阿鬼曾指出故事中的疑點；有名女子說自己在付費平臺上刊登連載長篇《我們和他們》時，阿鬼曾提供重要意見。

第二名女子自承是《比蒼白更蒼白的影》一書作者，表示阿鬼替她點出作品缺陷，並指出續集的方向；第三名女子則說自己創作某部長篇時，阿鬼的協助圓滿了情節與角色，並且聚焦了主題——有聽眾好奇問起該長篇書名，女子沒有回答，他猜想女子八成是個代筆作者，不方便說出作品名稱。

前兩個故事他沒讀過，不確定寫得如何。在網路上發表未完成的作品，本來就可能收到網友對作品的回饋，不過這些熱心的讀者不見得具備寫作專業，回饋內容大多沒什麼實質作用。

後兩個例子顯示阿鬼不只會對剛練習創作的寫作者提出看法，也會對專業作家提出諫言。

他知道阿鬼不是空有熱心缺乏專業的讀者。他知道阿鬼會一針見血。

因為《敲木頭》在出版之前，他也曾收到阿鬼寄來的電子郵件。

雖然他不會公開承認，但阿鬼拯救了這部作品。

沒人知道阿鬼是誰，Q&A時間於是變成猜謎大會，那傢伙和幾個被阿鬼幫過忙的寫作者興致高昂地討論起阿鬼的身分，他和資深作家被晾在一邊。

從討論的內容可以得知，這些寫作者遇上阿鬼的經過與他大同小異，不過那傢伙提起一個與其他人不同的狀況——不知怎的，阿鬼能在作品正式出版前就讀完稿件。

整場講座鮮少開口的資深作家說話了。

「諸位的經歷十分寶貴，」資深作家道，「我認為，與其猜測這人的身分，不如仔細想想這件事情的意義。」

眾人安靜下來。資深作家續道，「從剛才的講座裡，大家都已經明白，故事呈現在讀者面前的部分，由角色、情節、場景等三個元素構成。所謂的嚴肅文學，或者純文學，常會著力在角色心境、繁複描寫角色情緒，但沒有好好照顧情節；而大眾文學，或者類型文學，又常太在意情節轉折，以至於角色平板生硬，僅有推動情節的功能而缺乏立體感，甚至反倒導致情節發展不合常理。好故事不該偏廢任何一個元素，事實上，由於這幾個元素環環相扣、相互影響，所以如果某個元素沒處理好，我們幾乎都會發現：其他元素再怎麼費盡心思，都仍有缺憾。」

「真的是這樣；」那傢伙的語氣佩服。

「而且不要忘了，創作故事的用意並不是單單告訴讀者：某些角色在某些場景裡發生了某些情節。」資深作家道，「再怎麼貼近現實的故事，創作者都不會把角色從早到晚的所有活動一一詳述，而是省略某些部分、放大某些部分，把一些物事合併，甚或挪移時空順序。這麼做的原因，是好故事會有個核心主題，那是創作故事的原初用意，是這個故事的靈魂；主題可能很複雜，也可能可以濃縮成一個單詞，但無論如何，主題都有很多層次和面向可以討論，所以值得用一整個故事裡所有角色面對的情節去講述。」

他的手指移向鍵盤。

「那麼，如果把諸位的經歷視為故事，」資深作家做了結論，「那麼我認為這些故事的主題，並不是猜測這人是誰，而是從中理解故事的結構和元素的互動。這會讓諸位變成更好的讀者，或者更好的創作者。」

他開始打字。

阿鬼寄電子郵件給他的時間，是《敲木頭》正式付印之前，那時讀過稿子的人很少，阿鬼的真實身分，應該就是其中一個，而他認為資深作家的嫌疑最大，因為資深作家是《敲木頭》的推薦人。

是故，當他知道資深作家也會出席這場講座，就答應了主辦單位的邀約；他想找機會試探資深作家是不是阿鬼，如果是的話，就問問為什麼要用那種古怪的方式對他提出建議。

只是講座當中資深作家的話太少，他又太習慣攫奪群眾的注意力，還沒找到試探的時機，Q＆A時間就到了。

不過既然已經有不少人提到阿鬼，不如就直接問吧——他發訊息請資深作家在講座結束後先別下線，資深作家回訊應允。

但他沒想到直接問聽起來會那麼蠢。

「為什麼這麼問?」資深作家說沒有正面回覆,「你遇過他?」

「當然沒有。」

「唔?」資深作家說,「《敲木頭》出版前讀過稿子,出版後我又讀了一次,知道你改過情節。」

「呃……」付印前修改情節就是因為阿鬼的緣故,但他沒料到資深作家前後讀了兩回,「那是因為……」

「其實,」資深作家沒讓他繼續支吾,「我也遇過阿鬼。」

「真的?」他大吃一驚。他是資深作家「阿倫小卿」系列的忠實讀者,但從未想過阿鬼和那個系列有關。

「對,所以我不是他;我那時如果在《敲木頭》的稿子裡看出問題,一定會明講,不需要用那種方式。」資深作家道,「我知道你把我留下來是為了問這個,不過我也正好有幾句話想和你聊聊。」

他不確定資深作家要聊什麼，「請說。」

「方才我說要把這些經歷當成故事、想想主題，並非隨口說說，但我也沒說全。」資深作家道，「我自己和阿鬼討論的經驗，讓我想到：他所做的，其實是作家經紀人或者編輯的工作，也就是在書稿還沒出版前，替作者把故事變得更完整。可是我合作過的編輯大多沒這麼做——可能是他們能力不夠，或者懾於我的資歷，又或者是我其實不認為他們有資格評論我的作品，所以就算他們講了，我也充耳不聞。」

「是。」他答得有點心虛，因為他一直自認編輯的文學水準不足以對像他這種等級的文學獎得主指三道四。

「可是阿鬼讓我明白，的確有人可以看出我們創作時的盲點，有意見時，我都應該先仔細想想再決定該如何看待。」資深作家道，「而在沒有人說作品有問題時，我就應該用更嚴格的眼光挑剔自己的作品。沒有遇上阿鬼的話，我們就必須成為自己的阿鬼。」

他記起樂團「寵物店男孩」有首曲子就叫〈我自己的鬼〉——曲名中的「鬼」原文是「Ghost」，其實也可以譯為「靈魂」。資深作家剛提過「主題是故事的靈魂」，那麼，「成為自己的鬼」，就是以創作者的靈魂修整故事的靈魂。

「阿鬼也讓我重新思考故事構成元素之間的關係，尤其是我們對角色的處理方式；」資深作家道，「角色會發展什麼情節，只在我們的一念之間，但老想著安排情節轉折，忽略了角色，故事其實就不夠好，主題也就無法聚焦。」

他點點頭。《敲木頭》情節中被阿鬼指出的問題修正之後，也連帶讓角色的反應變得更加立體。

「我們得更尊重角色、更認真看待他們的人生處境。」資深作家笑了，「假若我們把自己的經歷當成故事，那麼，我們也就是被放進故事裡的角色啊。」

原版後記

ＦＩＸ：修理、補齊、校準，以及牢記

※本文涉及《ＦＩＸ》情節及成書經過，請自行斟酌閱讀

近年有些公開談小說創作的機會，我大約都會從構成故事的五個基本元素講起；時間夠就多舉點例子、講細一點，時間不夠就列出元素、只講重點。倘若講的是「推理小說」創作，那麼對基本元素的認知就更加重要，因為推理小說的創作者有時太過執著於情節中的謎團安排，容易忽略其他元素設定，以致於在構成謎團、解釋謎團，甚或其他情節轉折的時候，出現生硬、不合理等等作者明顯介入干預劇情的狀況——對故事而言，這不是件好事。

不過，就我自己的經驗來說，創作技法的精進主要來自兩個部分，一是大量練

習，二是大量閱聽——我喜歡從各式創作裡分析理解創作時的種種方法，不大喜歡只讀教條理論。

是故，我曾與編輯朋友聊過一個故事構想：某甲寫了篇小說想參加推理徵文獎，先找朋友閱讀，不同朋友指出小說裡與謎團無關的不同問題，某甲因而開始一一補足或修改基本設定，最終讓小說變得完整。如此主軸，加入一些轉折設計，就成了一個「講創作的故事」，創作者可以從中獲得一些關於小說創作的討論，一般讀者也能讀到有趣的故事。

這構想當時也就是聊聊。原訂要寫的作品還在排隊，加上有時出現的稿約或合作計畫，公餘時間大致已經滿檔；這構想有趣，也有意義，不過當時認為暫時還不會用上。

二〇一六年初，我寫完長篇小說《抵達夢土通知我》的初稿，正與衛城總編輯莊瑞琳討論修改細節；某日，瑞琳問我，有沒有興趣瞭解一下鄭性澤的案子？因為彼時這個案子重審的進度有點遲滯，而我對社會議題有一定的關注，如果能就這樁案子寫點什麼，或許能夠幫得上忙。

我憎惡冤案。冤案像是寫壞了的推理小說，硬把一個角色塞進犯人的位置，瞧著彆扭，讓人懷疑作者的智商、寫作技巧，以及被稱為「作者」的資格；更糟的是，冤案裡的「犯人」並非活在小說當中，無論面臨哪種他不該接受的刑罰，都會耗損、摧折他的真實人生。

日本曾任法官、現任律師的森炎，在他的著作《冤罪論》裡就簡單直接地指出：「冤罪是最大的不正義。」

鄭案是國內有名的冤獄事件，我先前已約略讀過相關紀錄，當然有興趣深入瞭解；問題是，實際事件的追蹤或相關人物的訪談，先前已經有不少資料，至於書籍，也已經有張娟芬的《十三姨KTV殺人事件》這本詳細、好讀，從不同角度切入討論的作品——所以，我還能做什麼？

雖然不確定自己究竟能幫什麼忙，但我仍經瑞琳介紹，與臺灣冤獄平反協會的羅士翔律師及臺灣廢除死刑推動聯盟的林欣怡見面；討論當中，我提及因為日常工作的緣故，我的寫作時間有限，而且作品大多聚焦在小說，接著想起：或許我能做的，就是以小說描述這樁案子的疑點，例如鑑識證據的疏失，或者推理環節的問題？

士翔和欣怡都認為這個方式行得通，我們進一步聊到：或許我可以多寫幾篇，除了鄭案之外，再多談幾樁有爭議的冤案。

討論結束，瑞琳與我走向捷運站時，我突然想到：先前那個一直沒動筆的寫作構想，其實和這個合作計畫可以相互連結。

這樣吧；我站在路邊，把那個構想告訴瑞琳：我把實際案件的部分疑點，放進某甲的推理創作當中，再經另外一人指出它們。如此一來，這些短篇表層是推理小說，中層是講「怎麼創作」的故事，而底層則有呼籲讀者關注真實冤案的意義。

《FIX》裡的七篇故事於是如此開展。我希望盡量展現不同主角在不同情境下開始創作的經過、自以為沒問題實際上不對勁的故事設計，並以一個各篇主角都不認識的奇妙角色針對問題提出建議，最後一篇再揭露奇妙角色的真實身分。如此一來，每個故事都可以視為推理短篇獨立閱讀，合在一起讀到最後，也會有某種推理趣味。

〈敲木頭〉選擇的題材自然是鄭案；這樁案件的審理過程當中疑點甚多，創作時只聚焦在發生槍戰的KTV包廂中的鑑識證據處理過程，刑求及因刑求而產生的自白部分約略帶過。我挪用了歡快的爵士樂曲〈敲木頭〉為篇名，定下與實際案件沉重內幕截然不同的輕鬆基調，並且在其餘數篇裡維持相同氛圍——我希望讀者在還不知道實案內裡的時候，先以閱讀大眾小說的心情面對故事。

〈沒有你我無法微笑〉使用了后豐大橋墜橋案。這樁案件的調查過程乍看仔細但缺失不少，原來的墜橋悲劇，因而轉變成殺人案件。我在故事裡重新設定了相關角色的性別，挪用The Carpenters溫柔的曲名，敘述愛情關係裡的悵然。

〈英雄們〉選的是邱和順案。邱和順已經服刑多年，在退休警員出面表示當年曾經刑求取供之後仍未獲釋；寫作過程中，邱和順因故送醫急救，提供了這個故事發生的舞臺，我也把這件事寫進情節當中。篇名〈英雄們〉來自David Bowie的同名歌曲，歌詞中的「We can be Heroes, just for one day」常讓我有各種思索。

〈我們和他們〉原型是杜氏兄弟案。這樁案子發生在中國，是故牽涉到兩岸之間的敏感狀況，我方檢調並未拿到實證就緝捕了杜氏父子，杜父在漫長的訴訟期間過世，杜氏兄弟也在二〇一四年遭到槍決。我讓故事主角從娥蘇拉．勒瑰恩的科幻小說《一無所有》中得到相關靈感，並以Pink Floyd的〈我們和他們〉為篇名，凸顯在不同政治實體間跨國辦案時必須注意的問題。

〈大大的小黃〉談到林金貴案，著重在證人及證據可能隱藏的缺漏。Joni Mitchell的同名歌曲提供了角色身分設定及必要的情節元素，而當年因冤入獄的林金貴，被關押將近十年後，終於在二〇一七年四月再審獲釋。

〈比蒼白更蒼白的影〉講的是謝志宏案，除了提到角色設定對情節的影響之外，也談到現實偵查當中不能完全倚賴證詞但卻常過度倚賴證詞的狀況。篇名〈比蒼白更蒼白的影〉取自Procol Harum的經典曲目，幽微隱晦的歌詞，很適合故事裡把祕密壓在心底的角色。

〈被感染的愛〉當中埋設的實案是呂金鎧案，此案最大的癥結在不夠嚴謹的法醫證據及粗心大意的證物保存。我篤信科學，但這份信任奠基在科學對各種細節存疑與探究的精神上，粗略的鑑識結果不僅缺乏專家應有的專業態度，也無助於釐清事實。The Four Preps的歌曲〈被感染的愛〉指出箇中角色心態，也指出在偵辦過程裡去除雜質的必要。

必須強調，《FIX》當中收錄的全是小說創作，雖然基底來自真實案件，但創作時並未納入所有偵辦過程的疑點，部分細節也在創作時做過修改。是故，倘若您在讀完全書後有興趣瞭解這些案子，理應查找實際資料，而非單看小說情節。

以我創作時查閱、研讀的資料判斷，這七樁案子無庸置疑，都是冤案。但《FIX》的創作初衷，除了提供閱讀樂趣、利用故事講述創作時該注意的事項及相關技法外，並非指出偵辦案件過程中種種有心或無意的疏忽，而是讓您關注這些真實案件。倘若您在自行參閱相關資料後，得出不同結論，那也沒什麼不好——我相信愈多人注意這些刑案、愈多人討論這些刑案，真相就愈可能被挖掘或拼湊出來，司法與檢調體系也愈可能更加完備。

士翔、欣怡，以及李佳玟、尤伯祥、邱顯智、涂欣成等律師整理的資料，在創作過程中提供了極大的助力；瑞琳、吳芳碩與甘彩蓉等出版社工作夥伴，也在初稿完成後提供了重要的意見；大家一起討論出書名之後，設計師廖韡做出簡約但充滿巧思的封面——《FIX》的成書，上述諸位功不可沒，在此致謝。

當然，我也要感謝七椿案件的受刑人。撰寫本文時，他們有的在多年牢災之後獲釋，有的仍在獄中等待平反，而有的已然辭世。入獄之前，他們並非全是安善良民，但入獄之後，他們全因自己沒犯的罪狀受苦。他們的際遇黯淡，但卻是映照出系統漏洞的亮光；我誠摯地希望，《FIX》可以讓更多人開始審視這些洞孔，將我們的社會制度朝更完備的方向推進。

「FIX」這個單字，指的既是故事裡對創作者的「修理」，也是對故事的「校準」與「補齊」，同時，它還有「牢記」的意義——透過觀察、思考、書寫以及閱讀，作者與讀者可以一起從現實穿行到虛構之境，並且將在該處獲得的體悟與感想，帶回現實，面對世界與自己。

這也是「故事」最要緊、最無可取代的意義。

臺灣冤獄平反協會：http://www.tafi.org.tw/

臺灣廢除死刑推動聯盟：http://www.taedp.org.tw/

新版後記

FIX，之後

二〇一七年八月，《FIX》初版。不過書中七個短篇的第一篇〈敲木頭〉初稿完成在二〇一六年五月，當時我斷斷續續在寫《硬漢有時軟軟的》後半部稿件，同時在修「碎夢三部曲」第二本長篇《抵達夢土通知我》。印象中〈敲木頭〉寫得很快，檢查檔案紀錄發現初稿大約只花了兩週。

寫得快當然得歸功於冤獄平反協會及廢死聯盟已經備齊詳細資料，他們在《FIX》的每個故事裡都提供了相當重要的協助。

〈敲木頭〉與鄭性澤案有關，這樁冤案也是《FIX》寫作計畫的起點，不過從寫完〈敲木頭〉初稿到全書付印，中間已經過了一年多，鄭案的後續在《FIX》還沒出版前就已經出現新的進展。

二〇二二年，《FIX》有了製作新版的機會，在這幾年當中，書裡被我當成改編材料的七樁冤案，大多也有了變化。除了修潤舊稿、新增一篇短短的故事之外，理應再用一篇新版〈後記〉補述這些紀錄。

〈敲木頭〉的冤罪主角鄭性澤，在二〇一七年十月，也就是《FIX》出版的兩個月後，經臺灣高等法院臺中分院改判無罪，一個月後檢察官未提上訴，鄭性澤無罪確定，平反成功。

〈比蒼白更蒼白的影〉以謝志宏案為基底，二〇二〇年五月臺灣高等法院臺南分院改判謝志宏無罪，六月因檢方並未提出上訴，無罪定讞。

〈英雄們〉寫到邱和順案。二〇一八年監察委員申請自動調查相關單位偵辦期間的不當處理過程，並於二〇二〇年提出第四份的監院調查報告，呼籲總統應赦免，迄今未有結果；邱和順在一九八八年九月因本案遭到羈押，至今仍在獄中，是國內關押時間最長的案例。

〈我們和他們〉使用杜氏兄弟案為原型——因案遭押的原是杜氏父子三人，一審原判無罪，檢方上訴後杜父在看守所病歿，杜氏兄弟則在二〇一四年遭到槍決。這是《ＦＩＸ》各篇當中唯一在創作時當事人就已離世的案例，但相關單位並未公開承認過程失當。

〈大大的小黃〉採取林金貴案中的疑點創作，二〇一八年八月，臺灣高等法院高雄分院改判林金貴無罪，但同年底最高法院重新發回更審，二〇二〇年改判無期徒刑，二〇二一年最高法院撤銷有罪判決，發回更審，林金貴現今仍未平反。

〈沒有你我無法微笑〉提及的后豐大橋墜橋案於二〇一八年再審，兩名當事人王淇政和洪世緯二〇一九年被判無罪；二〇二〇年最高法院發回更審，二〇二一年底更一審依舊宣判無罪，然而檢察官上訴，目前案件在最高法院審理中。

〈被感染的愛〉選擇了呂金鎧案。呂金鎧一九九四年被捕，案件纏訟至二〇〇六年時，呂金鎧放棄上訴，但當時沒有辯護人在場，呂金鎧也沒看到判決內容，因此該行為是否合法有效，存有爭議。呂金鎧自一九九四年收押，關押至二〇一二年十二月假釋，目前已在外生活；檢察總長在二〇二一年四月曾因此提出非常上訴，但遭最高法院駁回。

《ＦＩＸ》出版後，除了杜氏兄弟之外的六樁案件，有兩樁順利平反，而餘下的四椿當中，「紀錄保持人」邱和順已經入獄近三十五年，呂金鎧自關押至假釋也超過十八年。冤案會產生種種問題——反覆訴訟及審訊耗費司法及各種社會資源，某些案件中真凶可能並未因罪受罰，更重要的是冤罪當事人的人權受到極大侵害，青壯歲月全數因獄消磨。

有段時間，因為出版《ＦＩＸ》的緣故，我獲得不少在各種場合討論冤案的機會，但事實上，我自認真正為這些案件出的力量相當有限，有幸平反的冤獄端賴相關救援團體的熱心，以及司法體系從業人員的協助。不過，從這些事件裡拉出某些部分寫成小說，為的是提醒更多讀者：我們或許幸運地沒有成為當事人，但我們必須注意自己生活的社會裡發生了這樣的事。有愈多人關心，冤罪受刑人就有機會獲得愈多助力，未來也愈有可能減低冤案出現的頻率。

有讀者在讀完《ＦＩＸ》之後告訴我：今後聽聞刑案新聞，都會多想一想。

希望新版《ＦＩＸ》可以讓更多讀者這麼做。

附錄　案件列表

臺灣冤獄平反協會製作

章節名稱	真實姓名	最終審判決案號（有罪）	定罪確定時間	出版前最新進展
敲木頭	鄭性澤	最高法院九十五年度台上字第二八五三號刑事判決	二〇〇六年五月二十五日	二〇一六年檢察官聲請再審，為臺灣司法史上第一次由檢察官為死刑案件聲請再審，同年法院裁定開始再審，二〇一七年宣判無罪，檢察官未上訴，無罪確定。
沒有你我無法微笑	王淇政、洪世緯	最高法院九十八年度台上字第三二九九號刑事判決	二〇〇九年六月十一日	二〇一八年法院裁定開始再審，二〇二一年臺灣高等法院臺中分院宣判無罪，檢察官上訴，現由最高法院審理中。
英雄們	邱和順	最高法院一〇〇年度台上字第四一七七號刑事判決	二〇一一年七月二十八日	多次再審、非常上訴均遭駁回，現向總統請求赦免中，邱和順已於臺北看收所關押超過三十二年。
我們和他們	杜明雄、杜明郎	最高法院一〇一年度台上字第九〇〇號刑事判決	二〇一二年三月七日	二人於二〇一四年四月三十日遭時任法務部長羅瑩雪執行死刑。
大大的小黃	林金貴	最高法院九十九年度台上字第五四八二號刑事判決	二〇一〇年九月二日	二〇一七年法院裁定開始再審，現由臺灣高等法院高雄分院審理中。
比蒼白更蒼白的影	謝志宏	最高法院一〇〇年度台上字第二四七〇號刑事判決	二〇一一年五月十二日	二〇一八年檢察官聲請再審，二〇一九年法院裁定開始再審，二〇二〇年宣判無罪，檢察官未上訴，無罪確定。
被感染的愛	呂金鎧	臺灣高等法院九十三年度重上更（六）字第四八號刑事判決	二〇〇六年三月十四日	二〇二一年檢察總長提出非常上訴，最高法院駁回，案件仍尋求司法救濟中。

Literati

春山文藝 024

FIX（新版）

總編輯　莊瑞琳
作者　臥斧
行銷企畫　甘彩蓉
封面設計　廖韡
內頁排版　張瑜卿

出版　春山出版有限公司
地址　116臺北市文山區羅斯福路六段297號10樓
電話　(02) 2931-8171
傳真　(02) 8663-8233

總經銷　時報文化出版企業股份有限公司
地址　桃園市龜山區萬壽路二段351號
電話　(02) 2906-6842

製版　瑞豐電腦製版印刷股份有限公司
初版　2022年5月
定價　380元

國家圖書館出版品預行編目（CIP）資料

Fix／臥斧著
一初版．一臺北市：春山出版有限公司，2022.05
一面；公分．一（春山文藝；24）
ISBN 978-626-95859-6-0（平裝）

863.57　111004951

春山出版

填寫本書線上回函

EMAIL SpringHillPublishing@gmail.com
FACEBOOK www.facebook.com/springhillpublishing/

From Interest to Taste

以文藝入魂